오늘도 우리는 우울증과 전쟁 중

조하리 · 허준혁 지음

오늘도 우리는

우울증과 전쟁 중

조하리 · 허준혁 지음

목
차

준비도 없이 시작된
우울증과의 전쟁

이 글은 실제 있었던 사실을 바탕으로 한 '허 양'과 '그녀의 남편'의 이야기입니다. 그녀는 30대 후반 대기업 회사원이었습니다. 박사까지 수료한 그녀는 전문 분야인 R&D 일을 하다 수년 전 대기업 전략 부서로 스카우트됐습니다. 그런데 이게 무슨 일일까요? 얼마 후 허 양은 극심한 우울증과 공황장애로 더 이상 아무것도 할 수 없는 상황이 됐습니다. 본인 문제였을까요, 아니면 회사에 귀책사유가 있었던 걸까요? 그것도 아니면 충실하게 일하던 회사원이 우울증에 걸릴 수밖에 없게 만든 원인이 이 사회에 있는 걸까요? 그녀도 그녀의 남편도 답을 할 수 없었습니다.

분명한 것은 어느 날 찾아온 '우울증'과 '공황장애'는 그들의 일상을 빼앗아갔습니다. 늘 웃던 그녀에게서는 웃음이 사라졌고, 늘 자신만만하던 남편은 의기소침해졌습니다. 그대로 무너진 일상으로 평생을 살아야 할까 봐 두려웠습니다. 누구에게 어떤 도움을 구해야 할지도 모르겠고, 무엇을 해야 이 상황이 바뀔지 알 수 없었습니다. 하루하루가 생존을 위한 전쟁 같았습니다. 마치 아무런 준비도 없이 전장에 뛰어든 병사 같았습니다.

　그때, 허 양은 글을 쓰기 시작했습니다. 자신의 속 안에 있던 것들을, 스스로도 그것이 무엇인지 설명하기 어려운 것들을 글을 쓰면서 분출하려고 했던 겁니다. 그렇게 계속 글을 써내다 보니 쌓여 있던 불안과 화가 풀리는 것에 조금은 도움이 되는 것 같았습니다. 그 글을 읽은 남편도 조금이나마 허 양이 어떤 마음과 상태인지 이해되기 시작했습니다. 그리고 그녀의 글에 본인의 생각을 더했습니다. 이렇게 모은 글을 다른 사람들도 읽어 주었고, 많은 위로와 공감, 따뜻한 응원을 해주었습니다.

　그러나 여전히 '우울증', '공황'은 사람들에게 생소하고 환자 본인도 쉽게 공개하지 못하는 병입니다. 환자는 이런 사실이 밝혀져 자신이 불이익을 받거나 오해를 받을까 무섭고, 다른 이들은 우울증 같은 정신질환을 겪는 사람을 어떻게 대해야 할지 몰라 낯설고, 예전부터 이어진 편견을 가지고 바라보기도 합니다. 글을 써서 남들에게 상황을 솔직히 이야기하고 응원을 받았던 허 양과 남편은 어쩌면 운이 좋은 상황이었는지도 모르겠습니다.

미리 밝히지만 이 책이 발간되는 시점에도 허 양의 우울증은 완전히 낫지 않았습니다. 그럼에도 그들이 겪은 이야기를 생생하게 공유하고 싶었습니다. 우울증 환자의 진짜 생각과 느낌을 전달하고 싶었고, 그런 환자를 곁에 둔 가족의 이야기를 들려주고 싶었습니다.

이 글은 우울증과 공황장애를 이겨내는 방법에 대해 알려주는 책은 아닙니다. 어떻게 하면 이런 정신질환에 걸리지 않는지 예방책을 알려주는 책은 더욱 아닙니다. 그렇지만 이 책을 통해 우울증, 공황장애에 대해 조금 더 이해할 수 있을 거라고 기대합니다. 같은 아픔을 겪고 있는 환우에게는 공감과 위로가 될 것입니다. 또, 아픈 환자를 가족이나 친구로 둔 분에게는 어떻게 환자를 대하는 것이 좋을지, 힌트를 얻을 수 있습니다.

분명한 것은 지금 이 글을 읽고 있는 당신 주위에도 말 못하고 아파하는 사람이 있다는 사실입니다. 당신의 부모님, 자녀, 혹은 친구나 직장동료일 수도 있습니다. 이 책이 그들을 이해하는 데 조금이

나마 도움이 되기를 바랍니다.

글 대부분은 허 양 시점에서 시작합니다. 그리고 그런 허 양을 바라보는 남편 시점이 이어집니다. 둘의 이야기를 모두 읽으면 많은 분이 공감하리라 믿습니다.

1
아침 조회

2024. 2월 어느 날.

아침부터 그가 팀원들을 불러놓고 일장 연설을 시작한다.

부족함이 많은 팀원에게 항상 코칭을 해야 하는데, 어제 퇴근 전 잔소리 못 한 것이 마음에 걸려 9시부터 미팅을 소집했다. 이렇게 아침저녁으로 조회와 종례를 하는 것도 이제 8개월이 다 돼간다.

우리 부서는 작년 여름, 신사업 운영을 목적으로 별도 부서로 조직됐다. 전체 회사를 통틀어 유경험자가 별로 없는 특수한 사업이기에 회사 내 관련 업무를 모두 다 처리해야 한다. 처음에는 3명이었는데, 이제 1명 늘어 4명이다. 임원 2명, 사원 2명.

다시 아침 조회. 귀 끝을 지나가는 말들.
"일하는 방식이 효율적이지 않다. 우리 팀은 팀워크가 좋지 않다. 의사소통이 원활하게 안된다. 다들 열정이 없다... 어쩌고 저쩌고..."

매일 듣는 답 없는 이야기라 안 들으려고 애를 써본다. 그러다 문득 한 문장에 마음에 들어와 꽂힌다.

"내가 요새 팀원들과 이야기할 때 감정 소모가 심해서 비효율적이다."

응? 이건 또 무슨 소리인가?
사람 간에 신뢰를 쌓으려면 당연히 어떻게 소통해야 되는지에 대해 고민이 필요하고, 그러면 감정이 소모되는 건 당연한 거 아닌가?

미간이 찌푸려지지만, 손가락 놀리는 것 외에는 대꾸하고 싶지도 않고, 할 힘도 없다.

'이 시간만 아껴도 효율성이 올라갈 텐데...' 오늘도 아침조회는 1시간을 훌쩍 넘겨 끝났다.

동료한테 "오늘 미팅 메시지가 뭔가요?"라고 물었다. 뒷담화라도 시원하게 하고 싶었다. 돌아오는 대답은 "몰라요. 안 들었어요."였다. 이것도 그렇다. 일은 사람들이 하는 건데, 다들 본인을 지키려고 남의 이야기를 듣지 않는다. 남에게 공감하는 게 특기인 나만 미팅 때마다 불편하고 답답한 모양이다.

아무도 듣지 않는 의미 없는 회의. 하지만 한 가지 메시지는 명확하다. 그만 토 달고 그냥 내가 하는 말에 '네, 알겠습니다.' 하고 그냥 해.

팀워크 부족 같은 교양 있는 단어만 나열하며 빙빙 돌려 말하지만, 결국 상명하복. 이건 그냥 군대다.

그냥 '나 꼰대야. 그러니까 맘에 안 들면 나가!'라고 말하면 좋겠다. 그럼 시원하게 욕이라도 할 수 있으니까.

힘들다고 어설프게 동료들에게 하소연이라도 했다간 "회사가 다 그렇지 뭐. 그래도 말투는 젠틀하잖아. 우리 상사는 더해." 이런 불행 베틀이 되거나, 혹은 "네가 너무 열심히 해서 신경쓰는 것이니, 신경쓰지마."라는 말로 과민한 사람이 되고 만다. 아...... 이것도 너무 소모적이다.

그래서 오늘도 나는 비효율적인 나를 탓하면서, 코칭으로 포장한 감정의 쓰레기통이 됐고, 회사에서 감정을 드러내면 약한 사람이기에, 쓰레기통에 함께 담긴 내 불편한 마음의 소리까지 무시해버렸다.

허 양의 기록을 보고 같은 직장인인 남편은 생각했다. 대한민국 회사는 다 시간은 없고 할 건 많다는데, 정작 시간이 모자라고 할 일이 안되게 만드는 것을 보면, 그 팀을 이끄는 리더가 원인인 경우가 많다.

자기 하고 싶은 말을 부하 직원에게 쏟아내기 위해 시간 잡아먹는 하마들. 그렇게 하고도 부하 직원의 몇 배의 월급을 받는 사람들. 자신이 가진 기득권은 절대 놓지 않으려는 사람들. 그리고 그들을 욕하다가 직급이 오르면 똑같아지는 무기력한 세뇌주의자들.
SNL을 보면 90년대와 지금의 회사를 비교하는 코미디가 나온다. 글쎄? 현실에서는 달라진 게 그다지 없다.

너무 많은 친구들이 대한민국 회사에서 본인을 갈아 넣고, 갉아 먹히고 있는 것을 본다. MBTI, 직급, 업종을 가리지 않는다. 그런데 그들 대부분은 '변화'를 바라던 사람들이다.

자신의 희망을 믿고, 더 나은 상황으로 바꾸려고 노력하다, 벽에 부딪히고 튕겨져 나간 사람들. 그 벽에 부딪혀볼 생각도 안 한 사람들이 도리어 그들을 안쓰러워하거나, 비난을 한다. 그걸 듣는 튕겨진 자들은 더 자괴감이 든다. 이러려고 그 노력을 했나? 애초에 내가 바보였던 건가?

2
그와 그녀

지난 미팅 1시간 뒤,

아직도 화가 풀리지 않은 그녀는 다른 팀원 3명이 있는 단체창에 그에게 하지 못했던 불평을 털어놓는다. 그것도 1,2,3,4,5,6으로 정리해서...

불만은 내가 가진 것과 비슷하다. 근데, 본인은 이렇게 내지르면 풀릴 수 있겠지만, 나는? 난 이미 내 감정까지 포함해서 쓰레기통을 비웠는데? 다시 쓰레기를 내게 버린다고?

그와 그녀가 비슷한 이유가 여기에 있다. 본인만 안다는 것.

본인이 느끼는 감정과 생각을, 남들도 똑같이 혹은 그것보다 더 심각하게 느낄 수 있다는 것을 간과하면서 타인에게 본인의 억울함과 힘듦을 호소한다.

그럼 남의 억울함과 힘듦도 들을 줄 알아야지. 내가 그와 그녀에게 힘듦을 호소했을 때 그들은 어땠는가?

"일단 알았고. 무슨 말인지 알고, 그래서 내가 뭘 해주면 돼요? 원래 그런 사람이잖아요." 이런 대답들 뿐.

그러면서 남에게 쓰레기를 버리면 안 되지.

사람을 진심으로 대하고 싶은, 열심히 일하고 싶은, 그래서 유용한 사람이 되고 싶은 사람에게 그들은 또 오물을 뿌려댄다.

정신 차리자. 이런 사람들이 존중받는 회사 따위에 열 올리지 말자. 열심히 하지 말자.

10년간 회사생활을 한 허 양은 꿈 많은 사람이었다. 누구보다 에너지가 많고 잘 웃는 사람이었다. 박사 과정이나 전 직장이 더 쉽지는 않았지만, 그때도 많이 웃었던 사람이었다.

수년 전 지금의 직장으로 옮기고 얼마 지나지 않아, 그녀는 팀을 옮겨 큰 프로젝트를 맡게 됐다.

R&D만 하던 그녀에겐 모든 경제 용어가 낯설었다. 배우기 위해 개인 시간을 썼다. 장거리 통근이라 남들보다 먼저 퇴근하는 것이 눈치가 보였다. 대신 누구보다 일찍 출근하려고 새벽 다섯 시에 일어났다.

어느 날 갑자기 출근 버스 안에서 숨을 쉴 수가 없었다. 그때부터 정신건강의학과에 다녔고 약을 먹기 시작했다. 감기에 걸리면 감기약을 먹듯, 마음이 아프면 정신과 약을 먹는 거라고 생각했지만, 남편을 제외하고 다른 가족에게도 말하지 못했다.

그들도 걱정거리가 많은데, 괜히 자기 때문에 신경 쓰게 하고 싶지 않다는 말을 남편은 이해하지 못했다. 아프면 주위에 나 아프다고 알려야 알아주지 않느냐고.

그녀는 '말이야 쉽지.'라고 생각한다. 한 번도 칭찬을 않던 부모에게 내 걱정 좀 해달라고 하라고? 여자가 회사 다니는 것만으로도 많은 견제와 제약이 있는데, 거기에 약점을 스스로 하나 더 공개하라고? 국민건강보험공단에 등록된 정신질환자가 385만 명이라지만, 주위에 정신과 다닌다는 이야기를 못 듣는 건 다 이유가 있기 때문이다. 이 아무것도 모르는 남편아.

허 양의 남편은 그때만 해도 그녀의 직장과 가까운 곳으로 이사 가면 나아지리라 기대했다. 불장에 치솟은 전세금은 고려하지도 않았다. 이 또한 과정이라 지나갈 수 있다고, 아내는 약한 사람이 아니라고 생각했다.
정작 지금의 직장으로 이직할 때 가장 응원하고 이력서를 같이 수정했던 사람이 그녀의 남편이었다. 회사에 연차를 내고 허 양을 이직 면접에 데려다 주기도 했다.
지금 그녀의 남편은 아내가 다니는 회사가 밉다.
이직을 적극 권고했던 자신이 싫다.

3
퇴근 시간은 이미 지났고

퇴근 시간이 25분 지난 5시 55분.

그는 회사 특정 조직에 대한 불만을 우리 팀에게 배설하고, 그녀는 실시간으로 그를 뺀 나머지가 있는 메신저에서 배설한다.

열 마디 말에 한 마디씩 대꾸하다 문득,
'아, 이들은 배설물을 싸는 중이다. 왜 내 손으로 이들의 배설물을 받고 있지?' 싶어서 읽는 것을 멈추고 넘겨버린다.

너희도 배설한 거에 대답을 원하는 건 아니지?
내 배설물도 안 받아주잖아요. 맞지?

4년 동안이었다.

아침 7시에 출근해도, 일찍 퇴근해야 밤 8~9시였다.

허 양이 일하는 조직을 보면 허 양 위에 '그녀'가 있고, '그녀' 위에 '그'가 있다.

대한민국 직장에서 상사의 배설물은 아래로 타고 흘러내린다.

배설물 대신 칭찬이 흘러내려오는 것을 허 양의 남편은 본 적이 없다.

허 양의 조직도 마찬가지다.

어느 순간 그녀도 듣지 않고, 무성의한 대답만 하는 직장인이 돼버렸다.

하지만 허 양은 그런 자신의 모습을 도무지 버틸 수가 없는 사람이다.

차라리 이런 것을 덤덤하게 받아들이는 성격이면 어떨까? 흔히 말하듯 뇌를 빼고 회사를 다녔다면 어땠을까? 결국 스스로가 잘못한 것 같아 자책을 한다.

이런 생각들이 소용돌이치면 허 양은 온몸에 긴장이 돈다.

그러면서 참을 수 없는 두통이 찾아온다. 숨을 쉴 수가 없다.

하루에 먹어야 하는 약이 너무 많다. 진통제, 소화제, 불안 약, 우울증 약...

그녀는 조금씩 자신의 상황을 주위에 이야기해 본다. 표현은 에둘러서 한다.

그래서인가? 아니면 눈에 보이지 않아서인가?

비슷한 경험을 해보지 못한 사람은 얼마나 힘든지, 전혀 공감을 못한다. 그건 허 양의 부모나 동생도 마찬가지다. 용기를 내 힘이 나는 말을 들어보려고 전화를 하면, 도리어 그들이 푸념과 불만을 허 양에게 쏟아내니, 정작 자신의 이야기는 할 수 없고, 가족에게마저 감정의 쓰레기통이 된 거 같다.

이 모습을 옆에서 보는 남편은 이제 그녀의 식구들도 밉다.

이러면서 가족이라고 말하는 것이 위선 같다고 생각했다.

모든 것을 고치고 싶지만 그것은 불가능하기에, 답답한 마음에 한숨만 늘어간다. 지쳐 쓰러져 자고 있는 허 양을 보면 눈물이 나고, 스스로가 무력하게 느껴진다. 이 모든 상황이 모두 자신의 탓인 것만 같다.

4
그만두기로 했다

모든 걸 놓아버렸다.

즐겁게 마셨고, 즐겁게 대화했다.
간만에 즐거웠던 예전 직장의 화목한 분위기가 생각났던 술자리였다.

그 술자리가 어떻게 끝났는지, 기억나지 않는다.

기억나는 건,
남편이 날 보던 화난 얼굴, 목을 조르던 내 손, 그걸 지켜보던 남편
의 얼굴, 도와달라고 울부짖는 내 목소리.

그렇게 잠들고, 또 잠들고, 약을 먹고 또 잠들고, 밥을 먹고 약을 먹고 또 잠들고.

그렇게 하루가 갔다.

그 와중에도 남편에게

"오늘 동료가 사무실에 없는 날이고, 일찍 통화해야 하고, 사람이 부족한 상황에서 다른 일정 준비도 해야 해."라고 말했다.

다음날 아침

이대로는 안 되겠다.

정신과 상담은 일주일 남았지만, 뭔가 이대로는 안 될 것 같았다.

누군가를 만나야 했고, 나를 멈춰 줄 누군가가 필요했다.

처음 보는 정신과 선생님 앞에서 무엇을 어떻게 해야 할지 모르겠어서, 오늘 왔다고, 너무 힘들다고, 내가 나를 곧 해칠 것 같다고 말하며 오열했다.

선생님은 입원이 필요하다고 했다. 회사에서 벗어나기 위해 꼭 필요하다고 했다.

감사합니다. 그렇게 말씀해 주셔서. '네가 선택해야 해.'가 아니라, '그만해'라고 말해 주셔서 감사합니다.

오히려 선생님은 이렇게 일한 나에게 회사가 감사해야 할 일이라고 말했다. 만약에 회사가 그렇게 여기지 않아도, 그건 중요하지 않다고 했다. 무조건 나를 챙기는데 집중하라고 했다.

응, 아는데, 알고 있었는데...그냥 나는 등 떠밀어 줄 사람이 필요했나 보다.

회사를 관둔 생활을 상상하면서, 아주 잠깐이지만 마음이 편안해졌다.

내일은 마음이 다시 달라질지도 모르겠다.
흔들려도 괜찮다.

이제 방향은 정해졌으니까.

허 양은 퇴사를 결심했다. 그 사이 연차를 써서 회사와 분리되기로 했다. 상사와의 소통을 도무지 직접 할 수가 없어 남편에게 부탁했다.

허 양이 술을 마시면 기억을 잃고, 분노를 표출하고, 자신을 해하는 것이 갑작스러운 것은 아니었다. 이미 오래 전부터 시그널이 있었던 듯하다.

허 양은 기억을 못 할 수도 있지만, 그녀의 남편은 기억한다.

처음은 회사 술자리에 허 양을 데리러 간 남편 앞에서 펑펑 울던 모습이었다. 그 상황에서도 절대 동료들 앞에서는 울지 않았다. 동료들과 헤어질 때까지는 정신을 붙들고 온전한 모습을 보였다. 그건 어제도 마찬가지였다.

위험한 신호는 동료들과 헤어지고 나서부터다.

처음에 우는 모습을 봤을 때만 해도, 허 양의 남편은 술이 약해졌거나 일이 조금 힘들어서라 생각했다.

그러나 시간이 지나면서 이런 일이 잦아졌고 강도가 심해졌다. 어디 있는지 모를 허 양을 찾아 헤매던 밤들이 부지기수다.

새벽에 집에 들어오지 않은 그녀를 찾아 온동네를 뒤지면서 느꼈던 불안감과 공포를 남편은 다시는 느끼고 싶지 않았다. 그나마 다행인 건, 정신이 없는 상황에서도 허 양은 남편에게 전화를 했고, 그럴 때면 허 양이 어디에 있던 남편은 즉시 달려갔다.

제발 별일 없이 내가 갈 때까지만 안전하게 있어달라고 기도하며 달려갔다.

화도 나고 불안했지만, 만취에 정신 차리지 못하는 허 양을 길가에서 발견하면 안도감이 들었다.

'다행이다. 안전해서.'

그렇게 집으로 허 양을 데리고 오면, 집에서는 그녀의 자책과 자해가 이어졌다.

허 양의 남편은 이런 그녀가 밉기도 했고, 슬프기도 했다. 점점 그녀의 회사가 싫어졌다. 갖고 있던 그녀의 회사 주식도 팔아버렸다. 같이 술자리를 가졌던 허 양의 동료들도 원망스러웠다. 허 양이 회사에서 저녁자리가 있다고 하면, 오늘은 별일 없이 지나갈까 걱정되고 수

시로 카톡과 전화로 그녀의 상태를 확인했다.

그렇지만 누구보다 불안하고, 수치스럽고, 미안한 것은 허 양이었을
것이다. 그녀의 남편도 그것을 안다. 오히려 전화기를 잃어버리지 않
고, 꼭 쥐고 자신을 찾아준 허 양이 고맙다. 그리고 조금 더 일찍 시
그널을 알아차리지 못한 것이 미안했다.

어쨌든 회사를 관두겠다는 허 양의 결심에 남편은 기뻤다.

회사를 관두는 것이 갑진년 청룡의 기운 덕에 온 행운같이 느껴졌다.

부디 허 양이 '일과 직장'에서 벗어난 일상을 다시 느껴 보길 기도했다.

5
나 회사 안 간다

꿈에 그가 나왔다.

꿈에서도 이것저것 나에게 뭘 시키긴 했지만 평소 모습보다 다정했다. 친절하게 설명도 해주고, 내가 이전 직장에서 했던 일에 관심을 가지고 질문도 하고, 왜 그랬는지 모르겠지만 헤드록도 걸면서 친하게 대했다.

평소에 그 정도만이라도(헤드록 빼고) 날 대해줬으면 어땠을까?

이전 회사에서도 참 마음이 힘들었었다.

잘해도 욕먹고, 못해도 욕먹고.

존재만으로 불편한.

그들이 보냈던 나를 향한 경멸의 시선이 아직도 뚜렷하게 생각이 난다.

그래도 그땐 내 등짝을 때리면서 강해지라고 말해주는, 나를 아껴 주는 보스가 있었다.

그리고 따뜻하게 잘하고 있다고 말해주고, 갑작스러운 내 이직 소식에도 앞으로도 잘할 거라고 응원해줬던 보스도 있었다.

나를 믿고 따라줬고, 이직할 거란 말에 눈시울을 붉히는 동료들이 있었다.

다들 표현이 세련되진 못했지만, 진심으로 나를 아껴주는 사람들이 있었다.

물론, 여기도 나를 아껴주는 동료들이 있다.

같이 울어주고, 쉬라고 독려해 주고, 몸 챙기라고 해주고. 이전 직장과 다른 점은 나를 진심으로 아껴주는 리더는 없었다는 것이다. 마음은 그랬을지 몰라도 표현하는 사람이 없었다.

회사가 1번, 본인이 2번, 나의 성과에 도움되는 사람 3번.

그게 나쁜 게 아니라는 건 나도 너무 잘 알고 있다.

그런데 결국 모든 일은 사람이 하는 거 아닌가?

몸이 아파도 일에 차질이 있을까 봐, "병원 가봐라", "연차내라" 그 한마디를 해주는 사람 없었다.

"몸관리도 능력이다", "주말에 컨디션 관리해라", "저녁은 먹고 일 해라", 그런 말이 전부였다.

코로나19에 걸려도 집으로 노트북을 보냈다.

마치 여기저기 아픈 내가, 몸도 약한 내가, 자기 관리도 못하고 일에 지장을 주는 내가, 죄인같이 느껴졌다.

아프면 다 무슨 소용이니, 약 먹으면서까지, 죽고 싶으면서까지 일할 필요는 없었는데...

그걸 너무 잘 알면서도 나는 감히 멈추질 못했다.

그래서 더 괴로웠다.

오늘도

출근했던 시간에 눈을 뜨고, 이런저런 생각들에 또 마음이 불안하다.

약 한가득 입에 털어넣고 나서 마음을 다잡는다.

그래도 오늘, 회사 안 간다.

허 양의 가정은 부유하지 않았다.

아니, 가난이 오히려 가까운 단어일지도.

그래도 그녀는 박사 과정 때까지 과외하면서 스스로 학자금을 벌며 공부했다.

이른 나이에 박사학위를 받고 포스트닥터도 했다.

자신 곁에 계속 두고 싶던 담당 교수 바람이 덧없게, 제약회사 연구실장 눈에 띄어 채용됐다.

그 연구실장이 등짝 스매싱을 날리던 보스였다.

허 양은 자신을 응원해 주는 그 보스를 봐서라도 더 잘하고 싶었다.

멋진 일 한다고 우러러보는 실험실 동료들과 교수님을 봐서라도 진짜 잘하고 싶었던 허 양이다.

이렇게 총명하던 그녀의 첫 직장 생활은 녹록지 않았다. 조그마한 어린 여자 박사, 연구실장이 직접 발탁한 인재에 대한 견제는 기득권인 어른 남자들에게서 시작됐다. 대학시절에도 성차별이 없던 것이 아니었고, 또라이가 없지 않았지만, 직장은 어나더 레벨이었다.

이제 막 정글에 발을 담근 허 양의 불안감은 증폭됐다.

게다가 '여자의 적은 여자'라 했던가?

전날 즐겁게 술 마시며 언니동생하던 사이였는데, 다음날에는 무슨 이유인지 헛소문을 퍼뜨린다.

실력이 부족하다고 생각했는지 팀 내에서 얄밉게 행동하며 허 양의 실적을 가로채려고도 한다. 어른 남자들 견제보다 같은 여자동료들의 앞뒤 다른 모습이 그녀를 더욱 힘들고 지치게 만들었다.

그럼에도 그녀를 발탁한 리더, 그 후임 리더 모두 그녀의 실력을 믿었고, 지원하며 응원했고, 좋은 성과도 얻었다.

동시에 그녀를 견제하던 동료들 말고도, 회사에서 폭넓은 동료관계를 만들며 많은 응원과 관심을 얻을 수 있었다.

그러나 지금의 회사에서는 그런 보듬는 것이 없었다.

허 양이 바란 건 큰 보상이 아니라 '잘했어'라는 칭찬 한 마디, '수고했어'라는 격려 한 마디였다.

대한민국 직장의 리더십은 이게 문제다.

실무자로서 능력이 출중하다고, 회사를 오래 다녔다고, 경력이 길다고 관리자를 맡기는 관행말이다.

리더의 자질은 따로 있고 부족한 것은 교육받아야 한다.

그런데 그렇지 않으니 리더 자리에 오른 사람들은 자신이 무엇이 부족한지 피드백도 받지 못한다. 그러니 부하직원을 어떻게 대해야 할지, 어떻게 격려해야 하는지도 모르고, 그저 '성과'만을 외치고 쥐어짜는 리더가 판을 친다.

어쩌면 대한민국 직장인의 불행은 필연일 수밖에 없을지 모르겠다.

6
부모님은 그녀에게 왜? - 남편의 기록 I

오늘 허 양은 글을 쓰지 않았다.

대신 아침에 일어나 혼자 생각한 것을 남편에게 이야기했다.

그녀의 부모에게는 두 딸이 있고, 허 양은 장녀다.

오늘 아침 문득 그녀는 초등학교 때 미술 숙제로 찰흙 만들기를 했던 것이 생각났다고 했다.

손재주가 동생에 비해 떨어진 그녀는 아버지의 퇴근을 기다렸고, 아버지 도움으로 숙제를 마쳤다고 한다.

그런 그녀와 달리 동생은 숙제를 스스로 했는데, 이를 본 어머니는 허 양에게 "혼자 할 줄 아는 게 하나도 없네."라고 했단다.

그저 손재주가 조금 모자랐던 건데. 그래서 도와달라고 한 건데.

찰흙 만들기 빼고는 수학도 체육도 잘하는데. 커서는 학자금도 스스로 갚고, 부모님 도움 하나 받지 않고 지금의 자리까지 온 허 양은 어린 시절 그 말이 갑자기 생각났다고 한다.

과외 한 번 제대로 받지 못한 그녀는 외고를 진학했다.

그러나 그녀가 부모에게 들은 말은 "왜 멀고 비싼 데를 가려고 하니?"였다.

외고를 갔지만 수학, 과학에 뛰어났던 허 양은 늘 국어가 어려웠다. 그녀의 부모는 "책을 많이 읽지 않아서 국어실력이 모자란 거야."라고 했단다.

정작 그녀 앞에서 부모님은 한 번도 책을 읽는 모습을 보여준 적이 없다.

학원 다닐 돈은 없었지만, 공부를 잘해 여러 과외팀에서 무료로 들어오라는 제안을 받았던 허 양은 어느 날 중간고사 성적표를 아버지에게 보여줬다. 성적이 잘 나와 칭찬을 기대한 그녀에게 "100점이 여러 명이면 진짜 1등은 아니네."라는 아버지의 말이 들려왔다.

조금은 달리 표현할 수 있지 않았을까?

"이건 부족하지만 저건 잘해. 도움을 요청하는 건 용기 있는 일이야. 110점이 만점이었다면 너가 유일한 만점이었겠다."

아니면, 그저 "잘했다." 그 세 글자만이었더라면.

허 양과 남편은 그녀가 박사 과정일 때 연애를 했다.

밤새 같이 놀고도 첫 수업을 가는 모습에, 주말에 과외를 가서 돈을 버는 모습에 경탄했다.

허 양의 성적표를 본 그는 무척 놀랬다.

아니 뭔 1등이 이렇게 많아?

대학시절에는 왜 이리 A가 많아?

남편이 보기에는 부족함 없는 허 양의 학창 시절이다.

칭찬을 못 받았다는 것이 이해가 안 된다.

허 양의 부모가 유별난 것도 아니다. 극히 '평범' 그 자체인 분들이다.

경상도 출신이라 표현이 적었다는 것은 말이 안 된다.

그저 그들도 부모가 처음이었을 뿐인 것 같다.

그렇지만 어린 시절 부모님 지지가 조금만 더 있었다면, 허 양이 힘든 일이 있을 때, 제일 먼저 지원군으로 떠올리는 사람이 부모님일 수 있었다면 좋았을 걸... 이런 생각에 그녀의 남편은 아쉬워했다.

7
환우회를 해볼까?

What I was made for

지난해 내가 가장 많이 들었던 노래다.

영화 '바비'를 보기 전부터 많이 들었는데, 우연히 영화를 보게 된 후에 더 많이 듣게 됐다. 영화 내용과 그 노래가 내 마음에 쏙 들어왔다.

그때부터였을까?

나는 무엇을 위해서 만들어진 걸까?

주위 사람에게 삶의 의미에 관해 물어보기 시작했다.

대부분 그 질문에 선뜻 답을 하지 못했고, 나는 예쁜 할머니가 되고 싶다고 말했었다.

오늘도 저녁에 먹었던 약기운이 떨어지는 시간(대략 6시간 정도)이 되니 눈이 떠졌다. 이런저런 생각들이 팝업 창처럼 떠오르기 시작했고, 탱탱볼처럼 여기저기로 이 생각, 저 생각이 머릿속에서 튀어 다니기 시작했다.

회사에서 있었던 일, 어제 만났던 사람들과 나눈 대화, 경험했던, 아팠던, 창피했던 순간들, 오늘 해야 할 것들, 앞으로 해 나가야 할 것들이 머릿속을 엉망진창으로 만들어 가고 있을 때쯤,

'아, 아침 약 먹어야겠다.'
이불을 박차고 거실로 나왔다.

약 먹은 지 4년.
꽤 오랜 시간 먹었는데도 4개의 알약이 마법처럼 생각을 멈춰주는 것이 아직도 신기하다.
나는 왜 약을 먹지 않으면 생각을 조절할 수 없을까 자책도 많이

했었다.

그래도 쉬니까 달라진 점은(겨우 5일이지만)

밤새 꾼 꿈이 기억나지 않고(적어도 이젠 현실인지, 꿈인지 헷갈리진 않겠지.),

자고 일어났을 때 잠옷이 흠뻑 젖을 정도로 땀을 흘리지 않았고,

'오늘 회사 가서 이것 해야 하고, 저것 해야 하고. 아 또 야근하겠지...' 생각하면서 괴로워하지 않았다.

어제 우연히 나와 비슷한 시기에 공황장애가 오고, 회사를 때려치우고, 약을 먹기 시작했고, 심리 상담을 받으러 다니는 동생을 만났다.

넓찍한 백화점 카페에서 우리는 오늘 이 만남이 환우 모임이라고 낄낄거리며 웃어 댔다.

그동안 상처받았던 일들, 증상, 정신과와 심리상담을 다니면서 느낀 점을 서로 나눴다.

그는 회사 사수에게 들은 수많은 어이없는 말 중에서 갑자기 생각난 말이 있다고 했다.

"너는 3가지를 고쳐야 해. 실실 웃고 다니는 것, 성격...."

하나는 뭐였더라.... 거기까지 들었을 때 이미 마음속에서 끓어오

르는 분노를 표출하고 있었기에 마지막은 기억이 안 난다.

나는 "스스로 멈추기를 선택한 네가 참 부럽고 자랑스럽다."라고 이야기해 주었고, 나보다 한참 어린 이 친구는 본인은 흔히 말하는 '사회에서 평범하다고 생각하는 사람'이 아니라서 이제 자신만의 삶의 방향을 찾아야겠다고 했다.

그런데, 나도 표현은 달랐었지만 비슷한 얘기를 들었던 적이 있다. "너무 솔직한 것은 좋지 않다. 무게감이 없다. 감정적이다." 그 친구나 나나 사람 좋아하고, 솔직하고 진실하게 사람을 대하고, 즐거울 땐 즐겁다, 슬플 땐 슬프다, 화가 날 땐 화가 난다. 솔직하게 표현했던 것뿐인데. 그런 것들은 '사회에서 평범하다고 생각하는 사람'이란 범주에 들지 않는 것이었고, 마치 사회에서 부정당한 사람이 된 느낌이 들었었다.

백화점 지하의 카페에서 눈시울을 붉히다가, 미친 듯이 웃다가, 화를 냈다가. 한참 떠들면서 서로의 아픔을 공감했고, 이해했고, 우리는 이상한 사람이 아니라고 서로 응원했다.

그리고 대화 끝엔 이런 불안정한 사람들 옆에서 묵묵히 중심을 잡고 들어줬던 우리 남편이 있어서 다행이라고 얘기했다.

헤어지면서 그 친구는 책을 선물해 주고 싶다고 했고, 나는 정기적인 환우회를 하자고 제안했다.

내가 만약 아직 천고도 낮고, 한숨과 코칭이 난무하는 사무실에서 숨도 제대로 못 쉬고 야근하고 있었다면, 이런 경험은 할 수 없었겠지.

적어도 지금까지는 소중하고 의미 있는 하루하루를 보내고 있어서 정말 다행이다.

근데, 이제 오늘은 또 뭐 하지?

경험하지 못한 사람은 말도 하지 말란 것은 아니다.

그러나 경험하지 못한 사람의 어줍지 않은 위로나 충고가 사람을 더

지치게 할 때가 있다.

허 양의 남편은 오늘 출근길 팟캐스트를 들으면서, 비슷한 경험을

한 사람의 위로가 필요하다는 DJ의 말이 귀에 꽂혔다.

허 양이 만난 동생은 남편의 사촌동생이었다.

때가 되면 늘 연락하고 찾아와 밤새 이야기를 나누며 허 양은 자신

의 사촌들보다 남편의 사촌동생과 더 친해지고 따로 연락도 했다.

오늘 남편의 지방 출장 길, 사촌동생에게 문득 연락이 와서

"뭐 하냐, 바쁘냐, 통화나 하려 했다."라는 말에 남편은 무슨 일이냐

고 재차 물었다. 아내와 같은 일을 겪고 있단 말에 허 양을 만나보라

고 했다. 그들의 만남이 좋았다는 말에 다행이라고 남편은 느꼈다.

불과 3주 전에 만나 같이 공연도 가고 술도 마셨는데, 이런 상황인지

몰랐던 남편은 사촌동생에게 미안했다.

사촌동생은 유럽에서 건축을 전공하고, 한국에서 요새 제일 핫한 건축가 사무소에서 일했다. 높은 이직률에 놀랐다고 한다. 처음에는 유럽과 한국의 문화 차이와 건축업의 특징 때문일 것이라고 생각했다. 현실과 이상의 간극에서 괴로워하는 사촌동생을 보면서 허 양의 남편은 그렇게 생각했다. 누구 못지않게 건축에 열정을 가지고 진심이던 동생이었는데, 그런 그가 스스로를 갉아먹고, 튕겨 나왔다는 것이 너무 슬프다고.

허 양 상황 때문에 더욱 집중해서 들어서인지 모르지만, 최근에 아내와 사촌 같은 상황의 이야기를 많이 들었다. 업종, 나이, 출신 학교를 달리하지 않았다.

먹은 것도 없는데 계속 토를 하던 후배. 출근할 때부터 울기 시작했다는 친구.

조금 더 일찍 회사를 그두지 못한 걸 후회한다던 친구. 수십억 원의 스톡옵션을 포기하고 쉬었던 것이 오히려 다행이었다고 이야기한 친구. 극심한 우울과 불안에 도망갈 수밖에 없었으나, 금전적 이유로 다시 돌아와 또 불안감을 느낀다는 전 직장 동료. 회사를 떠나고 국립대 교수를 하면서 다시는 회사로 돌아가고 싶지 않다는 두 동생들.

왜 우리는 이래야 할까? 이럴 수밖에 없을까?
요새 허 양의 남편 머리속은 이 질문으로 가득하다.

8
내가 무시했던 딱 한 가지

아침에 일어나서 엄마랑 통화를 했다.

내가 일을 쉬기로 했다는 걸 알고 나서부터 엄마가 매일 전화를 한다. 매번 비슷한 이야기를 하지만, 이렇게 매일 엄마랑 통화한 게 10년은 더 된 것 같다는 생각에 오늘은 내가 먼저 전화를 걸었다. 이런저런 이야기를 나누다 보니 벌써 1시간 30분째.

그와 그녀와의 이야기를 이렇게 자세히 엄마와 얘기했던 적이 있었던가?

예전에 단편적으로 얘기했을 땐 그런 사람들에게 휩쓸리지 말라고 했었다.

그런데 오늘은

12월 말에 상사들에게 솔직하게 내 상황에 대해 이야기하고 쉬겠다고 했던 것, 그리고 돌아왔을 때도 바뀌지 않았던 내 환경, 오히려 날 저격한 것 같은 그의 코칭 내용, 그녀의 무관심, 나의 무너짐과 나의 결심. 그리고 내가 너무 작아져서 이제는 더 못할 것 같다고 이야기했다.

그 말에 엄마의 답은 의외였다.

그만두기를 너무 잘했다고, 매일이 조마조마했고, 내가 혹시라도 잘못되지 않을까 새벽마다 나를 위해 기도했다고 했다.

새벽마다 나를 위해 기도했고,

연락이 안 오는 날은 '아...오늘은 아무 일 없이 지나갔구나.'하고 마음을 놓았다고 했다.

나는 위험한 생각을 했던 것을 미안하다고 했고, 엄마는 더 큰사람이 되기 위해서 잠시 쉬어 가는 것이라고 말해 주셨다. 그래도 괜찮다고 하셨다.

돈 아껴 쓰지도 말라고, 너희는 또 금방 벌 수 있다고, 하고 싶은 것 다 하라고. 대출받아서 써도 좋다고.

제발 건강만 하라고.

아, 나는 딱 하나, 나의 건강만 챙겼으면 됐는데.
딱 그것만 무시하고 있었다.
갑자기 내가 너무 불쌍한 마음이 들었다.

심리 상담이 약속돼 있는 날.
엄마와의 통화, 나에 대한 연민으로 가득차서 시작하기 전부터 흐르는 눈물을 주체할 수 없었다. 나의 감정이 눈물로 쏟아져 나오는 듯했다.

나는 그와 그녀를 마주치는 것이 두렵고,
회사의 좁은 공간만 생각해도 숨이 막혔고,
나를 아프게 만든 모든 것에 화가 났고,
아무것도 할 수 없음에 좌절했다.

고작 일주일 쉬었다.
앞으로 어떻게 살아야 될지는 아직 모르겠다.
그렇지만 이젠 무시하고 살았던 '나'에게 잘해주고 싶다.

허 양의 남편은 오늘 친구들과 정기 모임이 있다.

반년에 한 번씩 하는 모임이다.

그러니까 딱 6개월 전인 지난 여름 어느 더운 날,

이 친구들과의 술자리 중에 그는 위태로운 목소리의 허 양 전화를

받고 자리를 박차고 일어났다. 다행히도 어느 편의점 앞에서 알바생

도움으로 취해 앉아 있던 허 양을 찾았던 기억이 스쳐 지나갔다.

그에 비하면 오늘은 얼마나 안정되었나? 불안함도 없고.

왜냐하면 허 양이 회사를 안 가고 집에 있으니까.

친구들에게는 10시에는 일어나 집에 가서 아내와 함께 있어야 한다

며 간단히 상황을 설명했다.

걱정한 친구들이 본인들 사례와 함께 여러 솔루션을 이야기해 주며

격려를 했으나, 당장 유용한지 모르겠단 생각에 허 양의 남편은 그

이야기들을 흘려보낸다.

그보다는 어서 집에 돌아가 허 양이 어떤지 보고 싶다.

아침에, 회사를 안 가는 것이 며칠이 지나도 아직 자신은 괜찮지 않은 것 같다는 허 양의 말에, 수년간 쌓인 아픔이 그 사이에 쉽게 풀리겠냐며 타박하고 집을 나온 것이 미안했다.

'오늘은 가는 길에 그녀가 좋아하는 아이스크림을 사 가야겠다.'라고 그는 생각한다.

9
그냥 한 마디 공감의 말이 필요했어

오늘 눈뜨자마자 무슨 용기가 났는지.

'그녀에게 전화를 해야겠다'라는 생각이 들었다.

사실 남편을 통해서 회사에 쉬겠다고 통보한 상태였고, 그 후에 지난 4년 반을 함께 일한 그녀에게 1주일 넘게 연락 한번 하지 않았었다.

한 번은 만나서 정리하는 것이 필요하다고 생각했는데, 그 생각을 할 때마다 가슴이 답답하고 숨을 쉬기 힘들었다.

그런데 오늘은 연락해야 될 것 같았다.

짧은 대화를 했지만, 그 감정이 무엇이든 간에 그렇게 말없이 회사를 가지 않게 된 건 미안하다는 생각이 들었다.

짧았지만 길었던 통화 내내 역시나 그녀는 공감언어는 사용하지 않았다.

스트레스 받지 마라. 휴직이나 병가 프로세스 처리할 담당자 알아 봐 주겠다. 편하게 쉬어라. 어차피 남아 있는 사람들이 짊어질 몫이다.

마지막에 "전화할 용기 내줘서 고마워요."라는 그 말에 참았던 눈물이 터졌다.

그동안 회사를 다니면서 들었던 수많은 말 중에 칭찬은 들어본 적이 없다.

뭘 못했다. 해야 한다, 혹은 하지 말아야 한다, 신경 쓰지 마라, 익숙해져야 한다.

"OK, 수고했어요."

이 말이 그나마 내가 들을 수 있는 칭찬이다.

물론 "이건 잘했고."라고 칭찬받을 때가 있는데, 항상 그 뒤에 붙는 말이 많아서..

이것도 칭찬으로 쳐야 하는 것인지 잘 모르겠다.

괜찮아요? 많이 힘들죠? 잠깐 바람 쐬고 와요.

아프면 좀 쉬어요, 잘했어요.

그와 그녀에게는 참 듣기 힘든 말이다.

그런데 나는 저 말 한마디면 달릴 힘이 났었을 텐데...

내가 이 조직에서 1인분의 일을 충분히 하고 있고, 구성원으로 존중받고 있다는 느낌만 받았어도 됐는데...

항상 그들은 자기가 1번, 사업(일)이 2번, 회사가 3번이었다.

물론 본인을 제일 중요 시 하는 게 나쁜 것은 아니다.

당연히 무슨 일이든 본인이 가장 중요해야 한다.

그런데, 본인만 생각하는 것은 조금 다르다고 생각한다.

전화를 끊고 나서 남편은 용기 낸 나에게 멋있다고 해줬고, 친한 내 동료도 큰일 했다고 격려해 줬다.

칭찬과 공감의 말을 매일 해달라는 게 아니다.

적어도 누군가가 힘들어 보일 땐, 이런 말들이 그 사람이 무너지지 않게 잠시나마 기댈 구석이 되어준다는 거다.

특히 그렇게 말해주는 사람이 회사의 리더라면, 정글 같은 회사 생활에서 몇 배는 더 큰 버팀목이 될 것이다.

지난주 아내의 동료들과 저녁자리가 있었다.

누군가를 만나고 싶지만, 만날 힘이 없는 아내를 위해 집 앞까지 고기를 사주러 온 그녀들.

술을 마실 수도 있으니 안전망 역할로 아내는 내게 동행을 권했고, 나는 마침 소고기가 먹고 싶었고, 그녀들을 이미 여러 차례 보았기에 망설임 없이 동참했다.

유학파 그녀, S대 그녀. 석박사까지 마친 그녀들은 누구보다 일에 진심이었다. 그런데 육아의 책임감, 여성 직장인의 애로사항, 신입사원부터 10년이 넘게 흘렀지만 변화 없는 조직문화에 힘들어했다.

대한민국에서 열 손가락 안에 들어가는 회사가 이렇다면 다른 곳은 어떨까?

어느 날 남편은 9년 동안 거래한 업체 상무의 연락을 받았다.

구매팀 상무님인 그는 작년 말 암 선고를 받고 항암투병 중이다. 치료를 받고 산책을 하다 남편이 생각나서 전화했단다. 이런저런 일상

이야기를 하다 아내의 지금 상황에 대한 이야기가 나왔다.

다 듣고 난 후 상무님은, "너무 잘하셨다. 옆에서 많이 살펴 주시라. 나도 가끔 치료가 잘돼 완치하고 나서 복직할 생각할 생각하면 숨이 막힌다."라고 말했다.

항암치료를 하는 사람마저 복직할 생각에 힘들단다.

남편은 자신이 너무 부정적 사례들만 접하는 것은 아닌가 생각하다가 '수많은 직장인들이 말없이 괜찮은 척하며, 그렇게 속이 곪아가는 거였구나'하는 것을 깨닫는다.

오늘은 남편이 멘토로 삼는 신수정 님의 글을 덧붙인다.

"힘들었겠다", "그랬구나" - 공감을 만드는 마법의 표현

1. 얼마 전, 한 여성 리더와 대화했다. 그녀가 직원 시절, 매우 어려운 IT 프로젝트에 참여했다. 매일 밤늦게 퇴근하고, 이슈들이 해결되지 않았다. 그런데 프로젝트 책임자는 돕기는커녕 거친 언어로 그녀를

괴롭혔다. 이에 불안과 번아웃 직전까지 갔다고 한다.

2. 너무 힘든 상황일 때, 마침 회사의 심리 상담소를 발견하고 들어 갔다고 한다. 거기서 3번의 미팅을 가졌는데, 그때마다 상담 시간 내 내 펑펑 울기만 했다고 한다. 상담사가 무슨 말을 했는지 기억은 하 나도 나지 않지만, 이후 마음이 진정되고 회복되었다고 한다.

3. 힘들고 멘탈이 약해질 때 제일 필요한 것은 누군가의 '공감'이라고 한다. 그런데 한 정신과 의사는 이런 말을 한다. "공감을 받고 싶은 사람은 많으나, 줄 수 있는 사람은 적다. 왜냐하면 삶에서 제대로 된 공감을 받아본 사람이 없기 때문이다." 특히, 대개의 남자들은 이 부 분에 너무너무 서툴다. 나 또한 정말 그러하다.

4. 공감이란 일단 감정을 달래고 보듬어주는 것이다. 누군가 힘든 감 정으로 왔을 때 먼저 그 감정을 달래주어야 이후 합리적인 솔루션이 이해된다는 것이다. 그렇지 않으면 아무리 합리적이고 바른 말을 해 도 소용없다는 것이다.

5. 공감을 표현하는 마법의 말은? 무엇일까? "그랬구나!"라고 한다.

6. 마음 다침은 교통사고와 같다고 한다. 예를 들어, 교통사고를 당해 고통을 부르짖으며 병원에 실려오는 친구에게 "왜 다쳤나?", "어디서?" 등의 원인 분석을 하거나 "아파도 참아." "여기 있는 사람 다 아파." 같이 이야기하는 것은 공감이 아니다. 그러면 어떤 표현이 공감의 표현인가? "힘들지?"

7. 커리어로 고민하여 상담하는 후배에게 "자격증 따면 되지.", 힘든 애인이나 상사 때문에 상담하는 친구에게 "헤어져." 같은 솔루션을 제시하는 것은 성급하다. 이런 이들에게 고통받는 이도 떠나게 된 후 두려움이나 함께한 미련 등의 감정이 복합되어 있어, 이 감정이 해결되지 않으면 혼란 속에 있을 수밖에 없다는 것이다. 충분히 공감을 받아서 마음이 편해졌을 때 다른 방식으로도 행복할 수 있겠다는 희망이 보일 때 비로소 행동할 수 있다고 한다.

8. " 힘들었겠다", "그랬구나." 이 표현을 기억하고 사용해보자.

10
나는 이제 그들에게 더 이상
필요 없는 사람이다

오늘로 휴가를 낸 지 약 10일째다.(정확한 일 수는 셀 수 있겠지만, 그럴 의욕도 없다.)

사고 발생 1일 뒤, 남편은 상사들에게 내 상황과 추가로 2주를 더 쉴 것을 알렸고, 그 후에는 휴직이든, 퇴사든 결정하겠다고 말했었다. 그 이후 지금까지 인사 절차에 대한 안내는 아무도 하지 않았다.

내 소식을 듣고 놀라서 쫓아오신 그분이 안내해 준 게 전부다. 심지어 그는 내 전 상사인데도, 금방 퇴사하기보다는 병가를 제안하면서, 천천히 고민해 보라고 했었다. 그러나 나의 상사들은 남편이라는 소통 채널이 있다는 것을 알고 있었음에도 바쁘다는 핑계로 아무런 말이 없었다.

결국, 친한 비서를 통해서(심지어 타 부서장 비서다.) 인사 담당자를 알게 됐고, 이전에 한번 점심 먹은 사이라서 조금 편하게 연락을 했고, 그는 새로운 담당자를 지정해 줬다.

그 담당자 메일을 오늘 저녁이 다 되어서야 받았다.

형식적인 답변.

'본인 발생 연차 소진 후 병가 가능하나 일정은 1, 2차 상사와 협의 후 진행 바랍니다.

또한 병가를 내기 위해서는 6개월 이상의 진료가 요구된다는 내용이 포함된 상급 병원(흔히 아는 대학병원 및 종합병원이다.) 진단서를 제출해야 함을 안내드립니다.'

의료 대란에 상급 병원 진단서라니...

그리고 결국 상사들과 논의해야 한다니...

어쩔 수 없이 나는 그녀에게 전화를 걸었다.

나는 다시 인사 담당자에게 했던 말을 되풀이했다.

"인사팀에서 상급병원 진단서가 필요하다 해서 진단서를 받았고, 1, 2차 상사와 협의를 하라고 해서 연락드렸습니다. 일단은 연차 소진 예정이고, 병가 기간을 논의해야 될 것 같아서요..."

그녀는 내가 한 번도 생각해 보지 못했던 반응을 보였다.

"저도 인사팀 통해서 들었어요. 무슨 말인지 알겠습니다. 그런데 대면면담이 필요하니 한번은 나와서 정리하고 인사하는 게 어떤가요?"

입사부터 지금까지 희로애락을 함께 했던 사람이 할 수 있는 대답인 건가?

나도 알고 있다. 언젠가 한 번은 나가서 정리해야 한다.

그런데...

나는 아직 그들을 마주할 준비가 안됐다.

그와 그녀, 그 공간만 생각해도 숨이 잘 쉬어지지 않는다. 괜찮냐는 말은커녕 대면 면담이라니. '대면' 면담을 해야 병가를 낼 수 있다니.

그녀는 인사팀 안내를 받았는데, 왜 나 혹은 남편에게는 연락을 해주지 않았을까?

화가 났다.

대체 나를 뭐라고 생각하고 있는 걸까?

결국 꾹꾹 눌려 있던 감정이 폭발해버렸다.

나는 교통사고로 병가를 내려고 해도, 대면 면담이 필요하냐고 물었고,

돌아오는 대답은

"그것과는 상황이 다르니까..."였다.

그렇다.

두 다리가 멀쩡한 아픈 사람은 '진짜 아픈 사람'이 아니니까. 나가서 면담을 하고, (상급 병원 진단서가 있음에도) 얼마나 쉬어야 하는지를 결정 받아야 한다.

나는 그들에게 '정신이 나약'해 본인 의지에 의해서 병가를 내야 하는 상황이며, 사지가 멀쩡하지만 일을 할 수 없는 '꾀병 부리는 사람'이 된 것 같았다.

(의도가 그렇지 않을 수도 있지만, 적어도 나는 그렇게 느껴졌다.)

그리고 그와 그녀에게는 일 많고 사람도 없어 죽겠는데 이런 것까지 신경 써줘야 하는, 더 이상 필요 없는 사람이 돼 버린 것 같았다.

이렇게 된 이상 내가 유급 병가라도 얻어내야 덜 억울할 듯하다

나도 당신들 같은 상사 필요 없다. 퉤퉤!!

허 양과 그녀의 통화를 들은 남편은 생각했다.

그녀는 진짜 리더로서의 자질이 없구나. 직접 채용하고 함께 4년 반을 일한 직원이 아프다는데 저렇게 메신저처럼 이야기할 수 있을까?

클린스만 감독을 보았듯 유능한 플레이어가 훌륭한 디렉터인 것은 아니다. 리더의 자질은 실무자의 그것과 다르고, 따라서 회사는 누구를 리더 자리에 올리고, 어느 정도의 교육과 투자를 할지 고민해야 하는데...

여전히 연공의 성격이 짙은 한국 기업 문화에서는 버티거나 실무를 잘한다는 이유로 리더 자리에 오르는 경우가 허다하다. 당사자나 회사 모두 손해다.

특히 그런 리더십 밑에서 충성도 강한 직원이 튕겨 나갈 때 얼마나 막대한 손실인지 회사는 심각하게 생각해야 한다.

사람이 전부인데, 정반대 경우가 너무 많다.

이런 상사 아래에서 그렇게 죽도록 일했던 아내가 얼마나 외로웠을까 생각하니 남편은 심장이 아프다.

11
나 아픈 거 맞네

벌써 3월이 시작됐다.

우울함과 분노가 꼬리에 꼬리를 물고 괴롭혔던 휴가 첫 주가 지나갔다.

그, 그녀와 병가 처리를 위해 연락해야 하는 상황에 불안했고, 지인들에게 알리기 시작하면서 많은 응원을 받았던 두 번째 주도 이미 지나갔다. 그런데 생각보다 일찍 머릿속에서는 작은 싸움이 벌어지고 있었다.

'고작 2주밖에 안 지났네!' vs '2주나 지났네…'

태어나서 거의 40년 동안 쉬지 않고 달려왔으니, 관성의 법칙상 뭔가 특별한 일을 하지 않고 하루하루를 보내는 것이 어색한 건 당연하다.

근데 나는 환자인데?

쉬려고 일하던 것들 다 내팽개치고 휴가 중이고, 병가 내는 건데?

자꾸 머릿속으로 이런저런 계획과 고민을 하고 있다.

'여행 가서 뭐 먹지? 그럼, 뭐가 필요하지?', '또 어디로 여행 가지?', '누구를 언제 만나지?', '뭔가 배워야 하나?' 이런 생각들이 수시로 머릿속을 복잡하게 만든다. 당연히 이성적으로는 아무것도 하지 않아도 괜찮다고 외치고 있지만, 나도 모르게 계속 무언가를 고민하고 있다.

원래 이런 게 정상인 건지, 내가 아파서 머릿속이 복잡한 건지.

진짜 내가 아픈 건 맞는지, 꾀병이 난 건지 현실 감각이 점점 없어진다.

혹시나 '나는 약을 안 먹으면 불안하다.'라고 스스로 세뇌하고 있는 것은 아닐까?

일할 때는 심하다고 생각하지 않았던 증상들도 인지되기 시작했다.

간헐적 근육 경련(여기저기 툭툭 뛴다.), 하지불안 증세(쉬고 있으면 다리가 투두둑하고 떨리고 가만히 있기 힘들다.), 일은 안 해도 아픈 목, 긴장성 두통, 화가 잔뜩 나 있는 돌 같은 승모근, 그리고 이명. 3주 전에 삐끗했던 허리 통증도 잔잔하게 남아있고, 눈도 잘 안 보이고, 집중도 안 되고, 손도 미세하게 떨린다.(이렇게 항시 떨리고 있는 줄 몰랐다.) 이런 것들을 보면 아픈 게 맞는 것도 같다.

지난 2주 동안 살아보겠다고 50회 끊어두었던 회사 앞 요가는 환불하고,

이름이라도 바꾸면 좀 나을까 싶어 미뤄 두었던 개명도 신청했고,

병가 처리를 위해 그, 그녀와 통화도 했고,

주위에 나를 아껴주는 사람들에게 아픈 사실도 알렸고,

대학병원 진단서도 받아왔고, 상담도 다녀오고, 의사가 처방해 준 주 3회, 30분 운동(다람쥐 마냥 러닝 머신 위를 달리라고 처방해 주었다.)도 시작했다.

좋은 사람들과 점심, 저녁 만남도 4번이나 가졌고, 절주도 시작했다.

이렇게 나열해 보면 짧은 시간 동안 많은 것을 했는데,

나는 뭘 더 자꾸 하려고 하는 걸까?

아... 그래... 이러니까

나 아픈 거 맞네.

500만 원짜리 가방을 메도 50만 원으로 보이는 사람이 있는 반면, 5만 원 짜리도 500만 원 명품처럼 보이게 하는 사람이 있다. 허 양은 후자에 속하는 사람이다.

그런 외모나 분위기와 달리 그녀 인생은 쉽지만은 않았다.

이력서에 적혀 있는 몇 줄. 외고 졸업, Y대 학사부터 박사, 유명 제약회사 연구원, 10대 기업 전략기획실...

이렇게만 보면 순탄했으리라 생각되는 그녀의 삶은 지금까지 한 번도 쉼표를 찍어본 적이 없었다.

그냥 일반고를 가지, 왜 멀고 교육비 더 드는 외고를 갔냐는 질타를 들으면서 공부했다.

대학교 학비를 집에서 지원받지 못해, 학자금 대출을 했고, 결혼할 때까지 그 학자금을 갚으려 박사과정 중에도 알바를 했다.

학부시절 날짜를 혼동해서 장학금을 신청하지 못했을 때, 부모님께 혼이 나면서 억울했다. 내가 스스로 학비 충당하며 다니는데 왜 이런 얘기를 들어야 하나? 괴로워했고, 한 학기만 휴학하고 싶다는 요구를 그녀의 부모는 허락하지 않았다.

그게 관성이 됐을까? 지금껏 제대로 쉬어 본 적 없는 허 양은 요새 이런 생각을 한단다.

'매일 한번 이상 눈물이 나지만 지금이 행복하다고 느낄 만큼 나는 힘들게 살아왔었나 보다.'라고.

12
동료애

#형수님께(2024년. 3월 어느 날 환우에게 받은 편지)

안뇽하세요 형수님, 이번 주에 심리 상담 받고 와서 형수님께 꼭 쓰고 싶은 글이 있었어요. 원래 감성대로라면, 편지로 전달드리는 게 맞는데, 요즘은 디지털 노마드로 전환 중이라, 그냥 이렇게 적습니다.

이번 주 심리 상담에서는 심한 감정 폭발이 없어서 그랬는지, 다행히도 선생님과 했던 말들이 기억나더라고요.

그중에 '창조적 절망감'이라는 말이 너무 좋아서 공유드려요. 물론 좀 있어 보여서, 맘에 들었을 수도 있겠지만요.

인간이 너무나 슬프고, 지치고, 우울한 시간을 지속적으로 보내게 돼 아무것도 하지 못하는 상태에 오는 것은 인간의 몸이 보내는 당연한 신호라고 하더라고요.

그리고 이 신호를 무시하지 않고, 내가 나를 돌보고 돌아보다 보면, 자연스럽게 삶을 다각도로 바라볼 수 있고, 이는 인간에게 또 다른 시작, 기회를 제공해 줄 수 있다는 내용이랍니다.

요즘은 무조건 모든 것을 긍정적으로만 바라보려고 하지는 않는 것 같아요.(긍정으로 지금 상황을 회피하고 싶지 않더라고요.) 지금 있는 그대로의 제 상태를 꾸준히 기록하고, 우울하면 우울한 대로, 슬프면 슬픈 대로, 피곤하면 피곤한 대로, 기쁘면 기쁜 대로 정말 신생아처럼 하루하루를 보내고 있습니다.

물론 이곳저곳 병원도 많이 다니다 보니, 많이 피로하기도 하더라고요. 그래도 이렇게 과거를 되돌아보고, 현재를 지켜보고, 미래를 조금씩 설계하면서, 저를 더 알아가고 있는 것 같아서 그 점은 너무 좋습니다.

너무나도 깊이 얽혀 있는 감정들이 많아, 아마 많은 노력과 시간이 걸릴 것 같지만, 이번에는 시간이 걸리더라도 받아들이려고요.

내일은 드디어 출국이에요.

제가 또 누나 생각날 때마다, 이렇게 적으려고요. 저희 '창조적 절망감'의 시기를 같이 보내는 동지잖아요. 꼭 자신을 많이 사랑해 주세요~

#나의 환우 ○○이에게 (2024.3월 어느 날)

'창조적 절망감' 너무 좋다. '절망감'은 그 자체만으로도 엄청 부정적인 단어인데, '창조적'을 붙이니까 조금은 희망적인 느낌, 용기를 주는 느낌이랄까? 멋있어서 좋아하면 어때~ 네가 좋으면 좋은 거지.

네가 써준 말에 여러 부분이 참 공감이 많이 간다. 일부러 긍정적이게 생각하지 않으려고 한다는 말도, 갓난아이처럼 살고 있다는 말도, 병원을 많이 다니는 것도, 그래서 지친다는 말도.

나는! 너랑 비슷하게 살고 있어. 매일 불안했다가, 우울했다가, 기뻤다가, 즐거웠다가, 감동했다가, 다시 절망했다가.
하지만 분명한 건 너랑 나는 뿌리에 있는 긍정적 에너지 때문에 결국엔 (시간이 얼마나 걸리더라도) 길고 굽어진 터널을 나올 수 있다는 것.
그리고 우리 옆에는 항상 곁에서 지켜봐 주는 너의 형이자 나의 남편이 있다는 것.

매일매일 뭘 해야 되나, 뭘 안 해도 되나 고민하기 시작했는데, 나도 그러려고. 급하게 하지 않고, 하고 싶은 거 마음대로 하고 살아보려고.

돈이야 또 벌면 되고, 미래의 성숙해진 나에게 미리 빚지지 뭐.

잘 다녀와! 맛있는 것 많이 먹고, 좋은 사람들과 아무 생각 없이, 소년 시절처럼 순수한 마음으로 건강하게 다녀오렴!

다녀오면 우리 또 환우회 합시다.

이 시기를 너와 함께 보내고 있어서 너무 감사한 마음이다.

내가 나를 사랑하는 것보다도

너도 너를 더 많이 사랑해 주길

얼마 전 서로 만났던 허 양과 남편의 사촌동생.

같은 아픔을 서로 위로해줄 동료가 있다는 것은 얼마나 행복한 일인가?

13
소 잃고 외양간 고치기

어제 우연히 점심 식사 자리에 초대받았다가,

그와 그녀가 나에게 미안해한다는 소리를 들었다.

어떻게 해야 될지 몰라서 나에게 직접 연락을 못하고 있는 것이고, 사실은 미안해한다고.

그러기엔,

나는 남편이라는 소통 채널을 열어 두었고, '연락해도 될지 모르겠지만'으로 시작하는 메모를 남겨 두어도 되었을 텐데. 그들은 역시 바쁘다는 핑계로(진짜 바쁠 수도 있다.) 연락조차 주지 않은 것이었다.

그 핑계가 무엇이든 간에 나는 '역시 필요 없는 존재'라고 느낄 수밖에 없었다.

그리고 이제 조직에 사람들이 늘어나고 있다.

파견될 인력 3명 제외해도, 3명 더 추가되었으니까.

진작에... 내가 이렇게 되기 전에 1명이라도 붙여줬으면 어땠을까?

짙은 아쉬움을 숨길 수가 없다.

아무리 생각해도 그곳으로 다시 돌아갈 수 있을지 잘 모르겠다.

혹자는 이야기한다.

왜 그곳으로 다시 돌아갈 생각을 하냐고.

나도 왜 그런지 잘 모르겠지만,

그 일이 좋았고, 내가 참여한 프로젝트였고, 새로운 일을 배워 나가는 것이 재미있었다.

일이 싫어서, 일이 나랑 안 맞아서 그만두려던 게 아니어서 인지 몰라도

잘됐으면 좋겠으면서도, 나 없이 잘되는 게 싫기도 하다. 이런 생각도 나의 욕심일 뿐이겠지만.

소를 잃어도 외양간은 고쳐지지 않았다.

그냥 소를 늘렸을 뿐...

어쩌면 나는 내가 쉬기로 한 결정을 후회하고 있는지도 모른다.

하지만

아직도 외양간은 고쳐지지 않았다.

늘어난 소도 언젠가는 잃게 되겠지.

제약회사에서 R&D를 하다 전혀 새로운 분야로 이직을 한 허 양은
바이오·제약 분야 '전문가'란 이유로 관련 이슈라면 모든 일을 해야
했다.

마켓 리서치, 보고서 작성, 기타 등등. 그중 M&A는 정말 맨 땅에 헤
딩하듯 처음부터 일궈내야 하는 일이었다. 그래서인지 모든 것들이
배움이었고 좋았다. 그래서 애착이 컸다.

자신이 떠난 사이 과실을 다른 사람이 가져갈까?

그 과실을 자신이 따기 위해 돌아가야 할까?

그렇기엔 이미 허 양은 너무 고장 나버린 것 아닐까?

이렇게 허 양이 고장나도록 둔 그와 그녀가 너무 밉다.

14
잔고는 줄고, 몸무게는 늘고

나는 어떻게 해야 하지?

쉬기 시작한 지 3주가 넘어서야 쉬는 게 익숙해지고 있다. 나름 루틴이 생겼고, 매일이 주말 같다.

증상들은 나아지고 있다.

약이 제 일을 하고 있나 보다.

그런데 벌써 조금씩 불안해진다.

고작 한 달도 안 쉬었는데,

전보다 더 열심히 일하고 있는 동료들 소식을 들으면 마음이 이상

해진다.

  줄어드는 통장 잔액, 늘어나는 몸무게, 쉼으로 편안해진 상황에
익숙해져서 다시 일하고 싶지 않으면 어떡하지? 있던 곳으로 돌아갈
수 있을까? 혹은 다른 곳으로 가야 할까? 일이라는 것을 다시 시작
할 수 있을까? 이런 생각들...
  전보다 작아진 것 같은 느낌...

  오늘도 나는 불안의 한가운데 있지만,
  '언제 또 있을지 모르는 이 긴 휴식을 잘 보내야지.'라고 스스로 마
음을 다잡아 본다.

우리는 바다 위에 배다.

배 크기도 다르고 파고도 다르다.

허 양의 남편은 믿는다.

허 양은 잠시 파고가 높고 풍랑이 치는 바다를 지날 뿐.

이 파도는 잦아들고 바다는 다시 조용해질 것이다.

그때까지 배가 뒤집어지지만 않도록 같이 노력해야지.

15
다시 꿈을 꾼다. 악몽을...

다시 꿈을 꾸기 시작했다.

한동안 꿈꾸지 않고 편안하게 일어났었는데,

꿈속에서 나는 매번 차를 놓치고, 기억이 끊겨 낯선 곳에 서있고,

사람들이 나를 외면하는 꿈을 꾸기 시작했다.

평안하지만, 즐거울 일은 별로 없는 요즘이다.

그래서 이것저것 할 것들을 찾는다.

짧은 국내여행도 다니고, 일주일에 3일 이상 운동도 하고, 제주도

2주 살기도 계획하고,

가족들과 시간도 보내고, 연락 못하고 지냈던 사람들과 연락도 하고.

며칠 전 미국에 있는 옛 동료와 연락을 했다.

그는 나의 이야기를 듣더니 너무 고생했다고 토닥인다.

그러더니,

"누나는 쉬는 것도 계획을 세우는구나, 바쁘네."

그래, 나는 제대로 쉬지 않고 있었구나.

문득 깨달았다.

쉬는 것도 계획이 필요한 나는 평안한 삶 속에서도 일에 썼던 습관과 에너지를 쓰고 있었다. 조금 더 계획 없는 삶을 사는 법도 필요할 듯한데, 그것도 아직 남의 도움이 필요한가 보다.

아직은

스케줄이 있는 게 부담되고, 낯선 장소에 혼자 가는 게 부담스럽고, 여러 사람 만나는 게 어렵고, 커피 안 마시면 정신을 못 차리고 (대체 이 체력으로 일은 어떻게 한 거지?), 낮잠도 편하게 못 자고, 시간이

그냥 지나가는 것에 안절부절 못한 거 보니

아픈 게 맞나 보다.

아프다는 사실에 매몰돼서,

'충분히 할 수 있는 것들도 못하고 있는 건 아닌가?' 싶지만... 이런

생각을 하는 것도 내가 아직 아프니까 괜히 드는 생각이겠지?

생각이 많아지는 것 보니, 오늘은 더 열심히 쉬어야겠다.

유퀴즈에 나온 아이유 인터뷰 중,

'내가 열심히 살았나? 열심히 일만 한 걸 열심히 살았다고 할 수 있나?'라고 한 에피소드가 생각났다.

참으로 옳은 말이다. '삶 〉 일'일 테니까

열심히 산다는 것은
일도 열심히 하지만, 휴식도 열심히 하고, 주위 사람도 열심히 살필 줄 알며, 가끔은 눈부신 햇살도 열심히 즐기고, 들려오는 노래에 열심히 흥도 느낄 줄 아는 것. 삶의 모든 순간 하나하나에 충실한 것이 열심히 사는 거 아닐까?

16
건강히 오래 살자, 나의 친구들아

오랜만에 대학 친구들을 만났다.

언제 만나도 서먹하지 않은 두 친구.

나 다음으로 가장 솔직하게 이야기할 수 있는 사람들이다.

나는 오랜만에 만나는 내 친구들을 위해서 히아신스 화분을 하나
씩 선물했고, 그 중에 한 친구는 선물을 보자마자 놀라서 "왜?????"
라고 말했다.(재밌는 친구들이다.)

우리는 마실 술을 고르고, 욕심부려 안주도 잔뜩 시키고, 밀린 이
야기들을 업데이트했다.

그들은 나의 증상에 대해서 궁금해하고, 물어보고, 경청한다.

그것이 아무 일 아닌 것처럼 평소와 같이 대화를 나눴다.(물론 직접
적으로 '그거 아무 일 아니야-'라고 얘기하진 않았다.)

웃고 떠들고 마시고 먹고...

4시간 동안 함께한 그 모든 것들이 나를 편안하게 해주었다.

심지어 장소도 옮기지 않는다, 다들 엉덩이가 무겁다.

안타까운 눈빛도, 걱정하는 말도, 해결 방안 제시도 하지 않았다.

그저 본인들 이야기를 하고, 서로에 대해서 궁금해하고, 함께 늙
어가고 있음을 공유했다.

남이 들으면 시시콜콜한 이야기 같겠지만, 나는 그 어느 때보다
깊은 위로를 받았다.

그녀들의 이런 쿨(Cool)함은 그 어떤 사람들 보다 따뜻한 쿨함이었다.

사랑한다 친구들아, 그리고 건강히 오래 살자.

17
애써 숨겨둔 나의 불안은 숨길 수 없었다

며칠째 악몽이 계속됐다.

3일 연달아 꾼 악몽으로 잠을 설쳤다.

#첫 번째 꿈

고3 때 담임, 전 직장 이사님, 현 상사 등 많은 어르신(?)들이 나를 둘러싸고 질책한다. 현실에선 나에게 우호적이었던 분들이다.

'우울증? 그런 걸로 회사를 쉰다고? 소명할 자료를 보여줘 봐라.'

저장돼 있는 진단서 파일을 찾으려 핸드폰을 켠다.

그러나 파일을 찾을 수가 없다.

손이 얼어붙어서 계속 오타를 내고, 현재 상사인 그는 나를 감싸

주려 변명을 해보지만, 결국 나는 억울한 감정에 복받쳐 허공에 손을 휘적이며 울면서 잠이 깬다.

#두 번째 꿈

다시 전 직장으로 이직을 결심했다.

그리고 첫 출근 날.

현실에서는 나를 많이 따라주었던 연구원들이 회사 눈치를 보며 나를 외면한다.

나를 싫어하던 사람들은 텃세를 부린다.

그리고 다음날 나는 다시 회사를 가지 않겠다고 다짐하고 무단결근을 한다.

#세 번째 꿈

동생과, 남편과, 남편의 지인과 함께 근교에 놀러 갔다.

갑자기 내 동생이 "무엇을 봤다."면서 두려워한다.

다리 사이로 얼굴을 내밀더니 특정 장소를 바라본다.

"귀신이다!" 무의식 중에 나도 그곳을 바라본다.

그리고 몸을 움직일 수 없다. 현실에서 가위에 눌린다. 그것도 세

번쩍이나.

가위에서 풀리고 나서 다시 잠이 든다.

다시 꿈 속.

검은 후드와 모자를 쓴 사람이 우리 일행을 먼발치에서 지켜보며 계속 따라다닌다.

아직도 난 불안한가 보다.

이렇게 돈만 쓰면서 쉬어도 되는 걸까? 내 주위사람들은 나를 어떻게 생각하고 있을까?

거머리 같은 이 불안감은 언제까지 날 따라다니는 걸까?

애써 생각하지 않으려고 했던 생각들이 이렇게 꿈으로 표현되나 보다.

한편으론 아직 아픈 내 상태에 안심하고(더 쉬어도 괜찮다고 스스로를 위로하면서...)

다른 한편으로는 언제까지 쉴 수 있을지, 쉬면 낫긴 하는 건지 답답한 마음이 든다.

언제쯤 꿈이 선명하게 기억나지 않을까?

언제쯤 완전히 나만 생각하며 살 수 있을까?

쉰 지 한 달쯤 되어가는 지금,

다른 불안감에 나는 또 아침 일찍 눈을 뜬다.

허 양은 지금껏 제대로 모든 걸 내려놓고 쉬어 본 경험이 거의 없다.

그래서일까?

최근 매일 새벽 잠꼬대를 하며 악몽을 꾸고 땀에 젖어 깨는 그녀가

남편은 무척 안쓰럽다.

조금 더 지나면 '쉼'도 익숙해지리라.

하나씩 해보자. 같이.

18
제1회 환우회, 깃털 모임

쉬고 나서 이런저런 사람들과 이야기를 나누다 보니, 생각보다 나와 같은 아픔을 가진 사람들이 많았다.

일단 내 주변 지인들 중심으로 조촐하게 제1회 환우회를 열었다.

우울장애·불안장애를 극복한 선배,

증상이 심해진 나,

최근에 발병한 남편의 사촌 동생,

미래에 대해 기대감 없이 우울하지만, 아직 본인의 아픔을 이해하고 싶지 않은 남편의 후배.

그리고 이들의 중심에 있는 보호자 남편.

이렇게 5명은 몸과 마음의 보양을 위해 한자리에 모였다.

본인이 겪고 있는 증상, 극복 방법, 불편한 점 등을 공유하면서 우리는 서로의 이야기에 귀를 기울였고, 온 마음으로 위로했고, 그동안의 노력에 박수를 보냈다.

꽤나 환우회스러워서 용기내 자리를 만들길 잘했다고 생각했다.

환우(患友), 환자를 완곡하게 이르는 말.

환우(換羽), 짐승이나 새의 묵은 털이 빠지고 새 털이 남. 또는 그런 일.

남편의 사촌이 해줬던 환우의 다른 말, 환우(換羽).

(아직 모두에게 말한 건 아니지만)나는 우리의 모임을 '깃털 모임'이라고 부르기로 했다.

적어도 우리는, 지금의 상황에서 더 나아가 제2의 인생을 행복하게 맞이할 수 있기를!

여전히 정신적인 문제는 터부시되고, 서로 드러내 놓고 이야기하지 못하는 분위기다.

최근의 일을 겪으면서 허 양의 남편은 같은 일을 겪는 사람들이 꽤나 많다는 것을 알았다.

우리 이야기를 먼저 하면 그들의 이야기를 들려주는데, 가끔은 전혀 생각지도 못했던 사람들이 우울증이나 공황장애를 겪고 있었다. 심지어 허 양의 시어머니도 과거에 우울증 경험이 있었다는 것을 아들은 이제야 알았다.

말하기 전에는 모른다.

다리가 부러지거나 피가 나거나 기침을 하는 게 아니라서 눈치채기도 쉽지 않다.

그렇지만 우울증은 같은 힘듦을 겪고 있는 사람들끼리 보듬어 주는 게 꼭 필요한 병이라,

환우회를 통해 지인들끼리 서로 공감하고 응원하는 시간을 보낸 것에 허 양의 남편은 뿌듯했다.

허 양의 말처럼 새 깃털이 나는 모임이길 바란다.
제2회 모임에는 모두 더 나아서 만나길 기도한다.

19
쉬는 게 참 어렵다

같이 일하던 동료가 복귀했다는 소식을 들었다.

같은 나이, 같은 포지션, 같은 성별.

우리는 공통점이 참 많다.

그런 그녀가 복귀한다는 소식에,

난 또 뒤처지지 않을까?

내가 해왔던 것들이 다 남의 것이 되지 않을까?

괜히 두렵고 불안했다.

내가 회사에서 했던 일들에 대해 '내 것이 아니다... 내 것이 아니다...'를 무한히 되뇌면서 이제 많이 내려놨다고 생각했는데, 아직 아 닌가 보다.

다시 불안한 마음에 위로가 받고 싶어서 남편에게 슬쩍 얘기를 꺼 냈다.

남편은 가만히, 조용히 이야기를 듣더니

"여보가 버린 거잖아, 그러니 아까워하지 않아도 돼."

그 한마디로 불안한 마음이 조금 진정되었다.

나는 아마 이 대답을 듣고 싶었나 보다.

내가 가졌던 것 혹은 가지고 있는 것에 대해 더 큰 가치를 두는 것 이 흔히 말하는 '인지 오류'라고 하던데, 나도 강한 인지 오류에서 벗 어나지 못하고 있다.

어쩌면 세상에 더 가치 있는 것을 찾기 위해서 가지고 있던 것들 을 훌훌 털어버리는 게 지금의 나의 가장 큰 숙제가 아닐까...

여러 가지로 참 쉬는 게 어렵다.

허 양은 그룹 차원에서 진행한 새로운 비지니스 개발 프로젝트의 기획 단계부터 참여했다.

그 시작부터, M&A 그리고 이후 과정까지 그녀가 손대지 않은 것이 없다.

처음에는 그룹의 미래 먹거리라 하더니, 어느 순간 계륵처럼 되어버렸다. 그 와중에 허 양이 지쳐 나와 버리니 이제야 인력을 보충하고 지원해준단다.

딱 바쁘고 힘들던 때에 출산 휴가를 갔던 동갑내기 동료가 같은 부서에 복귀한다. 허 양이 온몸으로 맞았던 풍랑의 시기는 피한 채로 말이다.

이후 사업이 성장하면 그 과실은 허 양을 제외한 다른 사람들이 가져가겠지?

억울하고 불안할 일이다.

직장인의 숙명이랄까?

성공한 프로젝트에는 너도 나도 자기가 한 일이라고 하고, 실패한 프로젝트는 누구 하나 책임지는 사람이 없다.

그게 회사 생활이다.

그래서 미련을 가지면 아프다.

어차피 내가 오너인 사업은 아니지 않은가?

더구나 그 사업이 발전한다 해도, 허 양이 떠나려는 조직은 구성원과 문화, 리더십이 바뀌지 않는데 부러워할 이유가 뭐가 있겠는가?

어차피 버린 떡이다.

누가 주워 먹든 뭔 상관이랴.

더 이상 그녀의 떡이 아니라고 이야기해주고 싶다.

20
내 정체성은 어디서 찾을 수 있을까?

머리를 식히러 옥천의 독채 펜션으로 여행을 왔다.

꽤 시골인 이곳에 서울에서 살던 부부가 아기자기한 공간을 만들어 운영하는 곳.

마당에는 잔디가, 화단에는 봄을 알리는, 그리고 바뀌는 계절을 알려줄 꽃들이 가득하고, 마당에선 강아지가 뛰논다.

9시 30분경 두 부부는 출근을 하고, 펜션을 정리하고, 커피를 내리고, 화단을 가꾼다. 그리고 새로운 손님 맞을 준비를 한다.

매일 이렇게 살면 어떤 느낌일까?

2박 3일째 그들의 삶의 일부를 잠시 엿보고 있지만, 그게 어떤 느낌일지 아직은 상상이 안 된다. 주택을 사서 마당을 꾸리고 집을 고치고, 강아지를 돌보며 하루하루 사는 것도 의미 있고 소중한 삶이라고 생각하고 있겠지?

많은 사람들이 일에서 정체성을 찾는다.

일 말고 정체성을 찾을 수 있는 게 있기나 한 걸까?

경제적 활동을 하지 않아도 삶의 의미를 찾을 수 있는 걸까?

아침부터 머리가 복잡하다.

누가 좀 알려줘요!!

* 정체성: 변하지 아니하는 존재의 본질을 깨닫는 성질. 또는 그 성질을 가진 독립적 존재.

* 자아정체성: 자기 자신의 독특성에 대해 안정된 느낌을 갖는 것으로, 행동이나 사고, 느낌의 변화에도 불구하고 내가 누구인가를 일관되게 인식하는 것. 다양한 자기 대상 교류에서 나온 서로 다른 동일시가 하나의 주된 성격 조직으로 통합되어 느껴지는 자기감(출처: 네이버 지식백과)

허 양이 던진 질문 덕에 그녀의 남편도 고민이 생겼다.

'나는 어떤 정체성을 가진 사람이지?'

1982년 대한민국에서 태어난 집안의 장남.

위 문장이 그를 표현할 수 있는 문장일까?

국적, 태어난 해, 성별이 정체성의 요소겠지만, 그것은 정체성의 필요조건인가 충분조건인가?

허 양의 자신 찾기는 그녀만의 과제가 아니었다.

그녀와 남편은 이제야 자신들이 누구인지 스스로 돌아보는 시간을 갖게 됐다.

그동안은 스스로를 잘 안다고 착각했는데, 사실은 바쁜 와중에 제대로 스스로를 살펴볼 시간이 없었다.

절망 속에도 희망은 있다고 했던가?

힘든 시기가 온 덕에 이런 계기가 생겼을지도 모르겠다.

이제 우리는 '진짜 우리'가 누구인지 알아 가야겠다.

21
조금 더 이기적으로 살아야겠다

내 어깨에는 항상 짐이 많았다.

집에서는 자랑스러운 딸이어야 했고, 동생이 의지할 수 있는 언니여야 했고, 자랑스러운 며느리여야 했다.

당연히 능력 있는 직장인이어야 했고, 멋있는 배우자여야 했다.

물론 누구나 부러워하는 사람이어야 했다.

생각해 보면 아무도 나에게 요구한 것은 아니었다.

모두에게 더 인정받고 싶은, 나의 선택이었다.

나는 왜 모든 것에 완벽해야 했을까?

시아버님 생신 점심이 있는 날.

시댁 식구 얼굴 볼 자신이 없어서 가지 못했다.

심란한 마음에 엄마한테 전화를 걸었다.

목소리를 듣자마자 눈물이 났다.

"엄마, 나 시아버지 생신인데 못 갔어... 왠지 그냥 웃을 수가 없어서 못 가겠더라...

그냥... 이제 더 이상 멋진 며느리가 아닌 것 같아서 갈 자신이 없었어."

엄마는 괜찮을 때 뵈어도 된다고 위로해 주면서, 말을 이어갔다.

"딸아, 내 딸은 지금도 충분히 자랑스럽고, 어디 내놔도 하나도 안 부끄러운 딸이야. 이제 그만 자랑스러운 딸 해도 괜찮아. 너를 위해서 살아."

엄마의 이 한마디에 나는 결국 억지로 참고 있던 울음을 터트리고 말았다.

(참고로 우리 엄마는 대한민국 최고의 래퍼다. 저런 감동적인 말도 숨도 쉬지 않은 채 이야기한다.)

책임감.

아무도 나에게 주지 않았던 남을 향한 책임감 때문에

나는 나를 너무 방치해 왔던 건 아니었을까?

이제 그 책임감을 나에게만 써 봐야겠다.

한 번에 안 되겠지만, 조금씩 나만 생각해 보련다.

나는, 조금 더 이기적이어도 괜찮다.

나만 생각하는 것과 나를 먼저 생각하는 것은 천지차이다.

어느 영화였는지, 드라마였는지 기억은 안 나는데, 거기 나온 여주인
공이 고민의 순간에서 다음과 같이 이야기하며 결정을 내린다.
"Me First"
아내는 그 대사를 자신의 몸에 타투로 새기고 싶다고 말했다.

왜 우리는 남들에게도 하면 안 될 말들을 스스로에게 던지면서 힘들
게 하는가?

우리 모두 조금은 더 이기적이어도 괜찮아.
그래도 아무도 뭐라고 안 해.

22
무기력해, 아무것도 하고 싶지 않아

오늘도 역시 날씨가 많이 흐리다.

일어나자마자 식탁 앞에 앉아서 '오늘은 뭐 하지?' 고민한다.

뭘 시작하기는 힘들고, 의욕도 없어서 게임을 켠다.

바쁘게 살아왔던 삶을 게임으로 대신 충족하고 있는 느낌이다.

(시뮬레이션 게임인 SIMS를 시작했는데, 그곳에 사는 심(사람)들은 명령에 따라 쉬지 않고 무언가를 해야 한다.)

아무것도 하지 않아도 피곤하고, 별로 일정이 많지 않아도 몸이 아픈 요즘이다.

대체 이런 몸으로 어떻게 직장을 다녔던 것인지.

우울증과 공황장애는 참 무섭다. 예고도 없이 갑자기 여러 감정이 번갈아 가며 나를 괴롭힌다.

우울했다가, 화가 났다가, 불안했다가, 무기력했다가를 계속 반복한다.

요즘은 무기력한 시즌인가 보다. 젖은 미역처럼 축 늘어져 있는 것이 일상이다.

계속 이래도 되나 싶은 마음에 환우회 멤버 중 이 긴 터널을 빠져나온 선배(?)에게 조언을 구한다. "산책 빼고 뭘 하려고 하지 마. 그래도 돼. 안 죽어."

나는 자주 내가 환자임을 잊어버리곤 한다.

나 역시 물리적으로 아픈 것이 아니어서 받아들이는 게 힘든 것 같다.

그래서 나는 내가 정신적 교통사고를 당한 환자에 비유해 보기로 했다.

교통사고가 나서 여기저기 다친 환자는

어디 나서기도 참 힘이 들고, 밖에 나가도 걷기가 불편해서, 혹은 팔이 아파서, 목이 불편해서 무슨 일을 해도 2~3배 에너지가 든다.

너무 쉽게 지치고 피곤해져서 웬만하면 나가지 못한다.

나도 그렇다.

어디 나가기 힘들고, 에너지가 많이 소모되고, 잠시만 외출해도 지쳐 버린다. 무언가 하기가 겁이 난다. 그러다 보니 점점 자존감도 떨어진다.

나의 아픈 것을 하나하나 설명하기도 귀찮고, 사람 만나는 것이 점점 두려워진다.

그래도 나름 사람들도 만나려고 노력하고 있고, 횟수는 많지 않지만 운동도 나가고, 이것저것(최근에는 썬캐쳐, 손뜨개 방석) 만들어 보기도 하고, 타로 클래스도 들으면서 무언가 시작해 보려고 노력 중이지만 쉽지가 않다.

'어떻게 해야 무엇이든 시작해 볼 수 있는 걸까?'

이런 건 왜 학교에서 안 가르쳐 주는지 모르겠다.

무기력한 나의 요즘 최대 고민이다.

무기력하고 우울한 사람을 옆에 두고도 자기는 기쁘다고 마음껏 웃
는 사람들이 있을까?

그렇게 할 수 있다면 사이코패스 아닐까?

허 양의 남편은 원체 하루를 사는 것에 재미를 느끼는지라, 늘 행복
한 사람인데 지금은 그렇지 못한다. 바로 옆에 사람이 힘든데 그 앞
에서 웃고 즐기는 게 어렵지 않겠나.

그렇다 보니 문득 그도 우울하단 느낌이 들었다.

체력도 떨어지고 집중도 안 되고 마음도 헛헛하고.

아니다. 이러면 안 된다. 나까지 이러면 안 된다.

나는 나대로 내 감정을 숨기지 말자.

허 양을 배려하되, 눈치는 보지 말자.

그래야 나에게서 좋은 기운을 받고 허 양도 나아질 거라고

남편은 다짐해 본다.

23
진짜 쉬는 것. 제주도에서

제주살이 9일 차, 진짜 쉬고 있다.

차창 밖만 봐도 힐링되는 이곳은 비가 와도 바람이 불어도 해가 떠도 구름이 끼어도 아름다운 곳이다.

일행이 볼일이 있어 들른 숲 속에서 차문을 열고 새소리와 바람을 느끼며 앉아 있으니 평화롭기 그지없다.

첫 번째 숙소.

오래된 집을 고쳐 만든 주택이다.

활짝 핀 작약처럼 웃으시던 주인분의 얼굴, 아담하고 아기자기한 정원이 아직도 눈에 선하고 스쳐 지나가는 귤꽃 향이 코끝에 남아 있다.

제주도에 살고 있는 나의 자매가 이번 여행에 동행했다. 정원을 보며 나란히 앉아서 오랜만에 낮술 타임. 어렸을 때 이야기, 부모님 이야기, 사는 이야기들을 나누면서 잠시 추억에 잠긴다. 문득 힘든 사춘기를 홀로 오롯이 버텨낸 내 동생이 안쓰럽고 기특하다. 매일매일 숨 쉬는 게 힘든 생활을 하고 있는 나는 이제야 동생의 그때가 이해되기 시작한다.

"그때 더 이해해 주지 못해서 미안해. 이제야 널 이해할 수 있게 되어서 감사해."

나와 동생은 웃으며 울었고, 해는 어느샌가 저물어가고 있었다.

7년은 더 된 것 같은 자매의 여행이 이렇게 아름다운 기억으로 남을 수 있는 건 공간이 주는 힘인가 보다.

두 번째, 감성적인 숙소.

'언니 제주도 간다. 시간되면 잠깐 바람 쐬러 와'

문자 한 통에 바로 비행기 표를 예약한 나의 이종사촌 동생과 첫 번째 환우인 남편의 사촌 동생과 함께한다. 이전 숙소와 다른 세련

되고 널찍한 이곳에 아직 적응하지 못했지만, 간단하게 아침을 차려 먹고 산책에 나선다. 처음 보는 이웃과 인사를 나누고, 길가에 피어 있는 유채꽃을 꺾어 손에 꼭 쥐어본다.

'아... 이게 타운하우스의 삶이구나.'

같은 한국인데 새삼 외국에 와있는 듯 낯설지만, 자유로움과 평화로움에 안도의 숨을 내뱉어본다.

아직 일주일 남짓 남은 제주 여행. 평화로운 일상과 또 맞이할 새로운 게스트들이 만들어 줄 추억이 기대되고 설렌다.

허 양의 도전. 혼자 제주도 보름 살기.

이것만 해도 큰 도전이다.

떠나기 전엔 그녀도 남편도 불안했다.

다행히도 허 양의 여동생, 사촌 동생들과 시사촌 동생, 그리고 그녀

의 남편이 돌아가며 같이 하기로 했다.

제주도의 마법일까?

허 양은 이제야 쉰다는 게 이런 걸까라고 생각한단다.

동생과 깊은 이야기를 하며 울기도 하고

오름도 올라가 보고, 타투도 도전해 본다.

이렇게 조금씩 나아지고 있다.

그래.

앞으로 나빠질 건 더 없다.

그러니 내일이 아닌, 지금이 가장 행복한 시간임을 즐기자.

오롯이 자신에게 집중해 보면서.

24
모든 인간은 죽는다

모든 인간은 죽는다.

태어난 그 순간부터 죽음을 향해 달려간다.

같이 제주 여행을 온 환우의 친구가 죽었다. 스스로 인생을 포기했다고 한다.

그 친구는 무엇이 가장 힘들었을까?

나도... 그런 생각을 해본 경험이 있었기에, 내 지인은 아니지만 슬픔이 몰려왔다.

환우는 소식을 듣자마자 카페 한가운데 주저앉아 오열했고, 화를 냈고, 처절하게 슬퍼했다.

　그런 그의 옆에서 나는 해줄 수 있는 게 없었다.
　그 자신도 스스로를 챙기기 어려운 이 시기에, 왜 하필 이런 아픔
이 찾아온 걸까?

　죽은 그의 친구는
　마음이 아파서 밖에 나오기도 힘든 그가 10km를 달릴 수 있도록
독려해주고, 함께 버텨보자며 위로해 주었다고 한다.
　그리고 앞으로의 인생에 대해서 이야기를 나누었다고 한다.
　그랬던 그 친구는 왜 스스로 생의 끈을 놓아버렸을까?

　바닥에 털썩 주저앉아 목놓아 절규하는 그의 모습과 세련된 녹차
카페와 차밭 풍경이 대비되면서 생경하게 느껴졌다.

　'나 역시 그의 친구 같은 선택을 했다면 내 주위 사람들이 이렇게
슬펐겠구나.'
　잔인하게도, 나는 떠난 사람이 내가 아닌 것이 다행이라고 생각했다.

정신을 차리고, 그를 진정시키고, 숙소로 돌아오는 길.

어떻게 운전하고 왔는지 기억이 안 나고, 오후 내내 얼굴 근육이 떨리고 있다는 것을 몰랐던 어제. 그는 그렇게 여행을 마치고 친구를 배웅하러 제주를 떠났고, 나는 혼자 남겨졌다. 긴 여운이 나를 덮쳐올 때, 동생네 부부가 나를 찾아왔다.

행복했던 제주에서의 이 시간.

인생에 대해 그리고 죽음에 대해 깊은 생각에 빠져들었다.

죽으면 끝인데 왜 그리 아등바등 살아왔던 걸까?

순간순간 찾아오는 행복을 누리기에도 짧은 인생인 것을.

허 양이 제주에 가 있는 사이 많은 친지들이 그녀를 찾아줬다.

남편의 사촌동생이자 그녀의 환우도 그중 하나.

허 양의 남편이 제주에 내려가면 다 같이 만나기로 했는데,

사촌동생은 지인의 장례를 챙기러 먼저 떠날 수밖에 없었다.

본인도 아팠지만, 힘들어하던 사촌동생을 응원했던 친구라고 한다.

같이 살자고 했는데, 먼저 떠나버렸다고 한다.

남은 자는 떠난 자를 원망하고 그리워한다.

사촌동생은 충격으로 혼자 있기를 무서워해, 허 양과 남편이 같이

지내 주기로 했다.

동정과 연민 그리고 유대야말로 인간이 지금까지 진화한 원동력 아

닌가?

사실 지금 해줄 수 있는 것이 같이 있어주는 것뿐이기도 하고.

허 양 남편의 좌우명은 실존주의 철학자 하이데거의
'죽음을 직시하고 살자'였다.

좌우명이라고 말하고 다녔지만, 정작 요즘처럼 저 말을 곱씹는 시간
이 있었나 싶다.
인간은 태어난 이상 죽음을 향해 살고, 내일이라도 죽을 수 있기에
오늘을 가치 있게 살아야 한다는 저 말이 요새처럼 가슴에 새겨지는
때가 없었다.

허 양이 본인의 감정을 기록하기 시작한 지 두 달 정도가 지났다.
공개된 이야기를 읽고 나서 허 양의 남편에게 많은 이들이 자신도 그
렇다고 연락해 온다. 이렇게 주위에 많은 사람들이 허 양과 같은 아
픔을 갖고 있음을 이제야 알고, 지금껏 그들의 아픔을 몰라본 것에
미안하기도 하고, 그들이 공감해 주는 것에 고맙기도 하다.

공교롭게도 요즘에는 여러 친구 혹은 지인의 암 소식도 들린다. 아
니, 암이란 병이 원래 이렇게 흔한 거였나?
몸도 마음도 아픈 사람이 이렇게나 많다는 것을 깨닫는 요즘,

허 양의 남편은 아프지 않고 살아있다는 것에 하루하루 감사하며 살

고 있다.

우린 모두 죽는다.

다만 그게 오늘은 아니니까,

내일보다 건강한 오늘을 아낌없이 충만하게 보내자.

우리,

살자.

25
쉬기 시작한 3개월 차에 내가 깨달은 것, '보람'

새로운 이름으로, 개명했다.

법원에 접수한 지 2달 만에 허가가 났다.

제주도 보름살기 끝 무렵이었다.

서울로 돌아와서 꼬박 이틀을 주민센터, 운전면허시험장, 구청, 은행 등을 돌아다녔고,

보험, 카드사, 통신사 등 고객센터 전화해 이름을 바꾸느라 정신이 없었다.

자주 쓰는, 꼭 필요한 것들의 이름이 차례차례 변경됐다.

뭔가 새로워진 느낌.

개명 때문이었을까, 아니면 제주 여행 때문이었을까?

이 모든 과정을 혼자 해냈다는 마음에 몸도 마음도 한결 가벼워진 느낌이다.

'보람'이라는 것을 참 오랜만에 느꼈다.

일상 혹은 직장 생활에서 '보람'을 느끼기는 쉽지 않았다.

일상은 항상 회사와 집의 반복이었고,

특별한 취미가 없었기에 피곤함, 좌절, 무기력함의 연속이었다.

회사는 당연히... 보람 따위는 기대할 수 없었다.

제주살이.

햇볕아래 낮잠을 자고(사실, 나에게 낮잠은 연중 몇 번 없는 이벤트나 마찬가지였다.),

혼자 운전해서 클린하우스에 가서 쓰레기를 비우고(제주도는 집 앞에 쓰레기들을 버릴 수 없다!!!), 장을 보고 입에 아이스크림을 물고 운전해서 집에 돌아오는 길.

나는 참 오랜만에 '보람'과 '뿌듯함'을 느꼈다.

이름을 바꾸느라 분주했던 이번 주도 묘한 희열과 뿌듯함으로 한 주를 보냈다.

소소한 일로도 보람, 뿌듯함을 느낄 수 있는데...
난 왜 그렇게 스스로를 모질게 대했던 걸까?

보람은 작은 것에서도 찾을 수 있었다.
혼자 해낸 나 스스로에 대한 작은 칭찬이 그 시작이다.

솔직히 앞으로 이것을 얼마동안 인지하고 실천할 수 있을지 모르겠다.
그래도 이것을 혼자 깨달았다는 게 얼마나 기특해.
잘했다! 나님!

*보람: 어떤 일을 한 뒤에 얻어지는 좋은 결과나 만족감. 또는 자랑
스러움이나 자부심을 갖게 해 주는 일의 가치.
*뿌듯하다: 기쁨이나 감격이 마음에 가득 차서 벅차다. (출처: 네이버
국어사전)

'Reborn'

모두 타버린 재 속에서 나오는 불사조라면 과한 걸까?

허 양의 남편이 보기에 요즘의 허 양은 불사조처럼 다시 태어나고 있

는 것 같다.

'부활'이란 단어가 어색하지 않다.

모든 일상을 멈춰야 했던 2월의 그날은 너무도 고통스러웠지만,

시간이 흐른 지금,

아직은 '회복'이나 '복귀'라는 단어를 꺼내기는 이르지만,

천천히 하나씩 뭔가 새롭게 일구고,

그간 잊었던 것을 다시 느끼는 허 양의 모습이 남편은 너무 좋다.

'번아웃'

말 그대로 모든 것을 태운 것.

양초가 모두 타고 나면 원래의 모습으로 돌아갈 수 없듯,

사람도 변아웃되고 나면 그 이전의 모습으로는 돌아갈 수 없다고,

그렇지만 다시 태어나는 모습이 어떨지 기대할 수도 있고, 건강한 모습으로 태어나도록 옆에서 잘 도와주면 좋겠다고, 허 양의 환우이자 남편의 오랜 친구는 이야기했다.

맞다. 다시 태어나는 것은 예전으로의 회귀가 아니다.

앞으로 한 달 뒤 혹은 반년 뒤, 허 양의 모습은 어떨까?

'고장 난 시계'

허 양은 스스로가 고장 난 시계 같다고 했다.

건전지가 닳고, 이곳저곳 보이지 않는 곳이 고장 나고 있었는데, 느려진 시침을 억지로 당기고, 겉으로 고장 난 곳은 테이프로 때워가며 쓰다가 결국 멈춰버린 시계 같다고.

그런데 지금은 그 시계에 건전지도 충전하고(1/3 정도?) 고장 난 부품도 바꿔서, 다시 시침이 움직일 준비를 하고 있는 것 같다고. 잘 움직일까 걱정도 되지만 잘 고쳐졌을 거라 기대도 된다고 한다.

매일이 행복할 수는 없지만, 행복은 매일 어딘가에는 있다고 하던가?

어딘가에 있을 행복과 보람을 찾아서 오늘도 허 양은 힘을 내본다.

26
헤어질 결심

곧 있으면 3개월간의 병가가 끝난다.

지금이 병가 끝나기 한 달 전이니 복귀나 병가 연장 혹은 퇴사. 어떤 것이든 결론을 내야 된다는 압박에 며칠을 혼자 심란하게 보냈다.

회사를 가지 않으면서 증상이 많이 좋아졌지만, 회사랑 연결된 느낌은 계속 남아 있었다.

제주도 보름 살기를 다녀오고부터,

'이대로 회사를 가도 괜찮을까? 휴직을 연장할까? 이럴 거면 아예 퇴직이 나을까?'

꼬리에 꼬리를 문 고민이 시작됐다.

'이렇게 살아서는 안 된다.'

오늘 아침 눈 뜨자마자 든 생각에 혹여나 결심이 흔들릴까 봐 친했던 몇몇 동료들에게 퇴사 예정 소식을 미리 알리고, 마음을 가다듬고 그녀에게 전화했다.

"복귀가 한 달 남은 시점이라, 미리 퇴사 의향을 전하려고 합니다."

돌아오는 그녀의 대답은 놀랍도록 건조했다.

"네 알겠어요. 그럼 (그에게) 그렇게 전달하면 되죠?"

입사 때부터 지금까지 4년 반 동안 동고동락하며 일했던 그녀의 대답이었다.

순간 눈물이 왈칵 쏟아졌다.

'아... 내가 이런 사람에게 잘 보이려고 나를 갈아 넣으며 애를 썼던 거였구나. 결국 이 말을 들으려고...'

허탈함, 서운함, 억울함이 밀물처럼 밀려왔다.

한 시간쯤 지났을까?

부정적인 감정들이 갑자기 썰물같이 빠져나가고 마음이 한결 편안해졌다.

그녀를 생각하는 것만으로도 심장이 뛰고 답답한 가슴을 부여잡았던 내가, 오늘은 연락 한통 없던 그녀에게 먼저 전화를 하다니. 그간 잊고 지냈던 내 삶의 주도권을 되찾은 느낌이었다.

막상 부딪히고 나면 별일 아닌 것을 잘 알기에, 그동안 잘 해왔던 나였지만, 지금의 나는 매번 매 순간 마음먹고 실행하는 것이 너무 힘들다.

오늘은 심리 상담도 정신과 진료도 오랜만에 후련한 마음으로 마치고 돌아오는 길.
지인들이 보낸 응원 메시지들을 확인하면서 '회사'와 '헤어질 결심'을 좀 더 단단히 굳혀본다.

"그 사람(그녀)은 인간으로서 이미 고장 난 거야."
오늘의 이벤트를 들은 남편의 말에 또 한 번 마음이 놓인다. (아직 나만의 홀로서기는 먼 듯하다.)

어찌 됐든 마침내 '결심'하고 정면으로 부딪치고 극복해 낸 나,

엄청 칭찬해.

오늘 멋있었어.

최근 며칠간 마음에 요동이 치는 듯한 모습의 허 양을 바라보던 남편.

그러나 이번에는 예전과 달리 걱정이 되지 않는다.

요동의 진폭이 예전과 달리 작아 보여서일까?

아니면 지난 세 달간 쉬며 회복해 가는 허 양을 봤기 때문일까?

잘 모르겠지만, 허 양이 스스로 알아서 잘할 거 같다는 믿음이 생겼다.

제주도 혼자 살기를 다녀오고, 개명도 하고, 이렇게 저렇게 새로 태어나는 허 양의 모습을 보니 기쁘고 기대되고 흥분된다.

"나 직업란에 무직이라고 써도 괜찮아?"라는 허 양의 질문에,

"나는 너무 괜찮고, 내가 괜찮은지는 중요치도 않고, 무직이라니!! 너무 좋잖아! 그동안 그 회사와 그녀, 그에게 묶여 어떤 것도 못했었는데, 이제는 아예 다 지우고 아무것도 없는 시작점에 다시 새로운 것을 담을 공간을 마련할 수 있잖아. 당신이 거기에 어떤 걸 담을지

는 모르지만, 그게 어떤 걸지 또 나에게 어떤 영향을 줄지 기대돼."
라고 허 양의 남편은 대답했다.

오랜만에 '그녀'가 허 양의 글에 등장했는데 '그녀'에 대한 허 양의 감정
과 태도는 예전의 그것과 달리 매우 당당하고 단단하다고 느껴졌다.
그런 허 양을 칭찬하고, 큰 결심을 기념하기 위해 오늘은 소고기를
먹어야겠다.

허 양의 남편 눈에는 허 양의 상사 '그녀'는 허 양보다 더 아픈 사람
으로 보인다.
그 사실을 모르기 때문이든, 부정하고 싶어서든, 아픈 상태가 계속
되어서든, 그녀는 인간의 다정함을 잃어버린 것 같아 보였다.
예전에는 허 양과 같이 그녀를 원망하던 남편은,
오늘, 그녀가 참 불쌍한 사람 같다고 생각했다.

27
곧 여름인데,
언제쯤 고요한 일상에 익숙해질까?

어제 산책길에 우연히 하늘을 올려다보았다.

봄이 온 것이 엊그제 같은데 벌써 녹음이 푸르다.

"여름이 온 것 같다."

말을 내뱉고 주위를 둘러보니 사람들 옷차림도 벌써 여름이다.

일교차가 크긴 하지만 아침에는 잘 나가지 않으니, 더워진 날씨를

먼저 느낀다.

태생이 아무것도 하지 않으면 죄책감이 드는 사람이라,

'오늘의 해야 할 일'을 만들기 위해 25년 동안 써 왔던 핸드폰 번호

를 바꿨다.

개명한 이름 정보를 여기저기 바꾸느라 분주했다가 갑자기 찾아온 평화에 또 마음이 불안했다. 그래서 이참에 사람도 정리하고, 스팸, 광고 문자도 받고 싶지 않아서 휴대폰 번호를 바꾸기로 했다.

긴 시간 나의 모든 역사를 같이했던 휴대폰 번호는 허무하게도 웹사이트에서 단 5분 만에 바꿀 수 있었다.

그리고 찾아온 고요함.

하루에도 수십 번씩 울리던 핸드폰이 조용해졌다.

그러자 또 다시 잠시 평화로웠던 마음에 조금씩 불안이 찾아왔다.

병가를 낸 지 2개월 차,

엉덩이에 있던 굳은살도 없어지고(매일 사무실에 앉아 있어서 그런지 회사 다닐 때는 항상 굳은 살을 달고 살았었다.),

몸무게가 늘었고(외모 관리도 중요한 역량(?)이었기에 항상 몸무게를 관리했었다.),

그간 챙기지 못했던 개인 재정 상황 및 금융 상품 등을 정리하고(바쁘다는 핑계와 따박따박 들어오는 월급이 있었기에 7년 전 마지막 재정 컨설

팅한 양식 그대로 살고 있었다.),

개명을 하고, 전화번호를 바꾸고, 이곳저곳 국내 여행을 다니고,

이제야 좀 쉬는 것 같다 느껴서 마음의 평화가 찾아왔다고 생각
했는데.

아직 온전한 평화를 찾지 못한 것 같다.

'앞으로 뭘 해야 할까?'

퇴직하겠다고 지르고 난 뒤 그 후련함이 지나가고 다시 나를 괴롭
히는 질문이다.

현실에 집중하라는 상담 선생님의 말이 무색해지지 않게 오늘도
계속 되뇌어 본다.

'조급해하지 말자, 천천히 해도 괜찮아.'

너무 많은 것을 했기에 고요함을 찾고 싶었는데, 정작 고요함이 찾아

오니 무얼 해야 하지 않을까 라며 걱정하고 불안해하는 허 양을 보는

남편은

'분명 나아지는 것 같았는데 아닌가? 이 상황이 계속되나? 만성질환

처럼 안고 살아가야 하는 건가? 지금보다 나빠지는 건 아니겠지? 나

는 무얼 해야 하지?'

라는 생각이 잠시 스쳐갔다.

그렇지만 곧, 이 모든 것이 자연스러운 거란 생각이 들고는 마음을

고쳐먹었다.

산을 오를 때도 오르막만 있는 것이 아니듯이, 이 병은 나아지다 말

다를 반복할 거다.

그러나 허 양은 어떻게든 좋아지겠단 의지가 있다. 그렇다면 느리더

라도 혹은 굴곡이 있더라도 우상향한다는 것만큼은 의심할 여지가 없다.

다만 그 과정에서 제일 힘들고, 혼란스러울 사람은 바로 허 양일 거라고 남편은 생각했다.

아프기 때문에 무얼 해도 남들보다 배가 넘는 에너지를 써야 하고 쉽게 지치기 때문이다.

마라톤의 페이스 메이커처럼 천천히, 그러나 꾸준히 뛸 수 있도록 허 양의 옆에서 도와줘야겠다고 남편은 생각했다.

허 양이 더 이상 못 하겠다며 스스로의 목을 쥐던 그날은 아직 많이 춥던 겨울이었는데, 그러게... 곧 여름이겠구나.

28
울리지 않는 핸드폰
: 아무도 날 찾지 않는다는 헛헛함 그리고 불안함

핸드폰이 조용하다.

나의 사회생활에 90%를 차지했던 사람들은 거의 회사 동료였기에 회사를 가지 않는 지금(곧 소속도 없어진다.), 나보다 핸드폰이 더 잘 쉬고 있는 것 같다.

게다가 전화번호까지 바꿔 평화로움 그 자체지만, 마음 한구석이 공허하고 허전해서 애꿎은 핸드폰만 만지작거린다.

사람은 사회적 동물이라 했던가.

사람에게 상처받았지만, 혼자 있으면 외로운 것이 어쩌면 당연한 것인지도 모른다.

많은 사람들이 나에게 말하곤 한다.

멋지고 사려 깊은 남편도 있고(지인들 사이에서 남편은 'So Sweet Guy'로 통한다.),

나를 걱정해 주는 사람도 많고(내 주위엔 좋은 사람들도 많다. 인복이 많은 것 같다.),

부모님도 별 탈 없이 잘 계시는데, 무엇이 부족해서 현재를 즐기지 못하고 외롭다, 우울하다 하냐고.

사람들이 보는 나는 많은 것을 가진 사람이다.

솔직히 부족하다고 말하기 힘들다. 나도 잘 안다.

그렇지만 항상 그 가족들, 지인들과 함께하는 것은 아니기에 대부분의 시간은 혼자다. (회사를 관두고 집에 있다 보니 더더욱 혼자 있는 시간이 길어졌다.)

나는 기질적으로 공감이 필요하고 외로움을 많이 타는 사람이다.

회사에서는 담소와 공감은 사치였고,

'T'인 남편은 마음이 아픈 'F' 아내에게 공감하는 것에 애를 먹는다.

친한 친구들은 삶에 치어 살기에 만남은커녕, 문자 답을 받는 것도 힘들다.(그들 탓을 하는 것은 절대 아니다. 사회가 바쁘게 돌아가는 것일 뿐)

부모님은 항상 걱정이 먼저라 솔직하게 말하기 어렵다.

그래서 혼자 외로움을 느끼지 않기 위해 독립적으로 살려고 노력해왔다.

외로움을 느끼지 않기 위해 매일 할 일을 고민하고, 약속을 잡고, 여기저기 먼저 안부 연락을 하면서 나의 외로움을 감추어 왔다.

그러다가 어쩔 수 없이 멈추게 되었으니, 더 외롭고 헛헛하다.

'취미라도 있었으면 덜 했을까? 나는 뭘 좋아하지? 무엇을 하면서 시간을 보내야 외롭지 않은 거지?' 계속 고민만 하다가 결국 '나중엔 뭐하면서 살아야 하지?'로 질문이 돌아온다. 이런 생각의 회로를 끊어내지 못하는 게 답답하기만 하다.

다시 마음이 헛헛하고 허전해진다. 그러고 나면 또 우울하다.

나는 아직 환자다.

아직도 이 사실을 받아들이지 못하고 있어 매일매일 나에게 리마

인드 해줘야 한다.

혼자서는 생각의 꼬리를 끊기가 힘들다.

감정에 휘둘려 매일이 롤러코스터를 타는 것 같다.

인생의 첫 쉼을 즐겨야 함으로 하루에도 몇 번씩 마음을 다잡는다.

끝없이 중심을 찾기 위해 버둥거린다.

우울한 표정을 짓고 싶지 않지만, 그게 안돼서 답답하다.

남편의 한숨에 '나 때문인가?' 하는 눈치가 보인다.

항상 행복하다고 말했던 그가 나 때문에 불행해진 것은 아닐까 속상하다.

나도 빨리 '정상인'이 되고 싶다. 나도 충만한 마음으로 하루하루를 살고 싶다.

단지, 아직 내 마음대로 마인드컨트롤이 잘 안 된다.

나는 아직 관심과 케어가 필요하다.

'잘하고 있다.', '힘들고 외롭겠구나.'

다독임과 공감이 필요하다.

4살짜리 꼬마와 다를 바 없다.(인생을 역행하고 있는 느낌이다.)

그래서, 아직은 외롭고 불안하다.

오늘은 공휴일, 허 양과 그녀의 남편은 별 약속도 없고, 비도 오고

해서 집에서 쉬고 있다.

지난 며칠간 허 양의 환우인 남편의 사촌동생이 머물고 간 직후라 그

런지 같은 공간에 한 사람이 줄어든 것만으로도 더 고요하다.

허 양은 일찍 잠에서 깼고, 남편은 어제 술자리 때문에 늦잠을 잤다.

별 일 없는 휴일이기에 같이 점심을 먹고 남편은 잠시 운동을 다녀왔

다. 그리고 TV를 보는데, 남편은 그다지 재미가 없어서 혼자 헤드폰

을 끼고 다른 책을 봤다.

허 양이 소파에서 일어나 다른 방으로 간다.

남편은 그녀가 외로워하는 것 같다고 느꼈다.

아마 같은 공간에서 서로 다른 것을 하는 것에, 혼자인 것처럼 느꼈

을지 모르겠다고 생각했다. 남편은 속이 답답했고 한숨이 나온다.

요새 집에서 한숨이 많아졌다.

제일 힘든 건 허 양이란 걸 알고, 온 힘을 다해 응원하고 싶지만, 속

이 계속 답답해지고 불편한 것을 숨기기가 쉽지가 않다.

'혹시 환우 가족 모임은 없을까? 서로 이야기하면 도움이 되지 않을

까?'라는 생각에 허 양 남편은 인터넷 카페들을 찾아본다.

검색어는 '우울', '공황', '환우', '가족'

환우 가족 모임은 보이지 않는다. 하긴 각자가 옆에 사람 챙기느라

정신없겠지.

그런데 환우 모임을 위한 카페는 있더라. 가입을 해보고 슬쩍 최신

글들을 본다.

'잠이 안 와요, 슬퍼요, 약 먹었어요, 외로워요...'

물론 '힘나요.', '쉬어요.'같이 긍정적인 글도 있다.

혹시 누군가는 환우 가족모임을 제안하지 않았을까, 하는 생각에

'가족'이라고 검색하니 두 가지 종류로 글이 나뉜다.

'가족이 밉다, 아빠가 싫다, 가족들 보기 싫다...'

반대로 '미안하다, 내가 그들의 가족인 게 미안하다...'

더 보기가 힘들어 핸드폰을 닫으니 허 양이 부른다.

눈시울이 빨간 것을 보니 울고 있었나 보다.

"많이 외로워?" 라고 물으니 허 양의 눈에서 수도꼭지가 터진 듯 눈물이 흐른다.

"혼자 두지 마. 나 아직 혼자서 아무것도 못해."

미안했다.

뻔히 같이 하고 싶어 하는 걸 알면서도 이젠 혼자서도 잘하는 거 아닌가라고 억지로 생각하며 방치한 것 같아서.

허 양은 남편이 위성 같다고 했다. 계속 주위에는 있는데 다가오지는 않는다고.

그리고 이런 상황을 자기가 만든 것 같아 미안하고, 혼자서 아무것도 못하는 자신이 비정상인 것 같아서 한심스럽고 빨리 정상인이 되고 싶다고.

허 양은 남편이 방금 인터넷 카페에서 본 글 중 후자의 부류다.

허 양을 꼭 안아주고 나서 남편은 허 양에게 말했다.

미안하다고.

그렇지만 자신을 한심하게 생각하거나 내게 미안해하고 눈치 볼 필요 없다고.

오히려 지금 그렇게 자각하고 고민하는 것조차도 나아가는 과정 같다고.

왜냐면,
불과 세 달 전의 허 양은 남의 눈치를 보고 자책하는 스스로의 모습을 당연하게 생각했는데, 지금은 그걸 고민하고 바꾸려 하고 있지 않냐고. 그렇지만 '정상인'이 되고 싶다는 생각에 동의할 수 없는 것이, 우리 모두는 정상과 비정상의 경계 어딘가에 있는 거라고.
그리고 앞으로는 집에서 헤드폰을 끼고 있지 않겠다고.

비가 오는 공휴일인 오늘.
허 양과 남편은 서로의 오해를 풀었고, 서로가 원하는 바를 이해했고, 한 단계 더 성숙하고 밀착된 관계가 되었다. 그런 하루였다.

29
사람과의 인연은 소중하다

오늘 나의 퇴사를 알리기 위해 그를 만났다.(그는 내가 소속된 부서의 보스이자 그녀와 나의 상사다.)

약속시간 전에 백화점에 들러 프랑스 오크통에 숙성된 미국 화이트 와인 한 병과

한참을 서성거리다 분홍색 파스타거베라 한 송이를 샀다.

이유야 어찌되었던 간에 마무리는 깔끔하게 하고 싶었다.

식당에 먼저 도착해 볕 잘 드는 창가에 자리를 잡았다.

'퇴사하겠다고 하면 무슨 이야기를 할까?'

'오랜만에 만남이 어색하진 않을까?'

'뭐라고 하면서 선물을 드려야 할까?'

'또 상처 주는 말을 하진 않을까?'

여러 생각에 며칠 전부터 마음이 심란했다.(꼬리에 꼬리를 무는 생각과 걱정은 이제 내 특기가 된 것 같다.)

오랜만에 만난 2차 상사는 생각했던 것보다 밝게 나를 맞아 주었다.

(놀랬다. 마치 며칠 전의 꿈처럼 다정했다.)

둘이 하는 식사는 처음이었기에 조금 어색했지만, 10년 이상의 사회생활 스킬을 발휘해 대화가 이어졌다. 쉬기 시작한 이유, 그때보다 조금 나아진 나의 상태, 그리고 그의 소소한 근황 토크.(물론 일 얘기.)

"고민은 해봤어요?"

생각했던 것보다 빨리 나온 주제에 조금 당황했지만, 머릿속에 수없이 시나리오를 짜지 않았던가. 퇴사하기로 결정했다고 말했다.

"퇴사한다는 이야기를 하려고 했구나."

아...그렇게 전달하면 되냐고 묻더니... 그녀는 역시 그에게 나의 퇴사 의향을 이야기하지 않았나 보다. 아니면 그가 모르는 척하는 것일 수도.

식사가 나오고 조금씩 어색했던 분위기가 풀리고, 점심을 먹으며 이런저런 이야기를 계속 주고받았다. 팀을 옮기고 여유 없이 힘들었던 시간들이 마치 추억처럼 머릿속을 지나갔다.

'이자가 이렇게 내 이야기에 경청해 준 적이 있었나...'

그는 내 이야기에 귀를 기울였고, 덕분에 편하게 대화를 나눌 수 있었다.

진작에... 지금처럼 편하게 이야기 나눌 시간이 있었다면 지금과 조금 달랐을까?

후식이 나오고, 자연스럽게 준비한 선물을 꺼냈다.

와인 살 때 들었던 와인에 대한 스토리, 한송이 꽃과 감사한 마음을 전했다.

너무 힘들었지만 '일하는 법'에 대해 많이 배울 수 있었던 것은 사실이니까.

"오늘 저녁자리에 가져가서 아끼는 후배가 선물해줬다고 얘기할게요."

그 말 한마디에 울컥 눈물이 나올 뻔한 것을 양손을 꼭 맞잡으며 참아냈다. (난 참 눈물이 많긴 하다.)

그 말 한마디에 그동안에 미웠던 마음이 눈 녹듯 사라지는 것 같았다. (단순한 것도 맞다.)

혹자는 이렇게 말할 수도 있을 것 같다.

말 한마디에 의미를 부여하고, 부정적 감정이 쉽게 사라질 수 있냐고.

그럼 어떤가.

결국 진심이든, 아니든, 입에 발린 소리든, 아니든 간에 사소한 말한 마디에 분노하고, 감사하고, 보람을 느끼는 것이 '나'인 것을.

오히려 소소한 말 한마디에 따뜻함을 느끼지 못하는 것이 더 불행한 사람이 아닐까?

며칠간 머리 속에서 수없이 시뮬레이션 했던 상황보다 너무 편하고 자연스럽게 시간을 보내고 집으로 돌아오는 길.

'용기 내 이런 자리를 만들어 줘서 고맙다.'는 그의 메시지에 내가 너무 미워했던 것은 아닌지... 왠지 미안한 마음이 들었다.

사람과의 인연은 소중하다.

비록 힘들어서 퇴사를 결심했고, 그는 나를 힘들게 했던 조직의 상사였지만,

무슨 상관인가?

앞으로 간간히 소식을 전할 수 있는 인생 선배가 생겼다고 생각하면, 괜히 사람 싫어하지 않아도 되고, 내 에너지도 아낄 수 있지 않은가.

어찌됐건 이번 달의 큰 과제 완료.

오늘 나, 또 멋지게 해냈다.

처음 가지는 나의 공백기,

이렇게 차근차근 나를 찾아가 봐야겠다.

오늘 허 양을 바라본 남편의 느낌 : Two Thumbs Up!!

잘했고 멋져요.

30
다시, 제주. 엄마와 함께

한 달 만에 다시 제주를 찾았다.

3개월의 쉬는 기간 동안 가장 편안했던 순간이 제주 여행이었기에, 다시 제주를 찾을 수밖에 없었다. 이번 여행의 시작은 엄마와 함께였다.

12년 전, 박사 학위를 받고 싱가포르·베트남 여행 이후에 참 오랜만에 엄마와 둘이 비행기를 탔다. 애석하게도, 아빠가 없는 엄마는 엄청나게 밝고 들뜬 모습이다.

그에 비해 크게 동요하지 않는 내가 오히려 이상하게 느껴졌다. 여행을 대하는 마음도 그간 많이 달라진 것 같다.(약 때문인가?)

그래도 소녀같이 웃는 엄마 모습에 같이 오길 잘했다고 생각했다.

사실 나는 부모님이 항상 편하지만은 않다.

5분마다 이어지는 내 걱정, 나만 바라보는 아빠의 모습, 엄마 말을 듣기 싫어하는 아빠의 표정, 배가 불러도 계속 먹을 것을 챙겨주는 엄마.

더없이 나를 사랑해 주는 부모님이지만, 진짜 나의 모습을 말할 수 없는 것도 부모님이다.

지난 여행에서 나는 작은 은방울꽃 문신을 했다.

'다시 찾은 행복'.

꽃말이 너무 와닿아서, 가끔 힘들 때 쳐다보면 슬쩍 미소가 지어질 것 같아서, 약간은 반항심에 즉흥적으로(?) 발목에 새겨 넣었다.

주위 사람들에게 보여주면서 설명하고 자랑했지만, 정작 부모님에게 말하지 못했다.

참고로 부모님은 타투라는 이야기만 나와도 인상을 찌푸린다.

"타투하면 아프고, 피부 망가지고, 나중에 지울 때 힘들어. 그런 거 하지 마!"

혹시라도 타투를 할까 걱정하는 엄마에게 실망감을 드리고 싶지는 않았다.

'네가 그런 마음으로 했구나, 잘했네, 네가 요샌 이런 기분이구나, 우리 딸 힘들었겠다.'
이렇게 받아주는 건 아마도 드라마에서나 가능한 일이겠지.

이 생각, 저 생각에 엄마처럼 들뜬 마음이 아니라 미안한 마음이 들었지만, 그래도 걱정했던 것보다는 아직은 마음이 편하다.(엄마가 서울로 돌아갈 때까지, 며칠은 발목까지 오는 긴 양말 신고 생활해야겠지만.)
지난번 제주 여행에서 동생과 돈독해졌던 것처럼, 엄마와 좀 더 서로를 이해할 수 있는 시간이 되길 바라본다.

허 양의 남편이 해외에 간 사이, 서울에서 적적하게 있기도 싫고, 지난 제주 살이에서 좋았던 기억을 다시 느끼고 싶어서 허 양은 다시 제주에 가기로 했다.

지난 기록에 썼듯, 제주의 마법을 다시 느끼고 싶달까?

이번에는 지난번처럼 혼자 있을 허 양을 방문해 주는 사람이 많이 없을 것 같아 남편은 장모님과 가기를 추천했다.

모녀 간의 여행도 오래됐고, 이를 계기로 좀 더 '솔직한' 관계로 발전하기 바랐기 때문이다.

'솔직한' 관계가 꼭 유쾌하거나 재밌는 관계는 아니다. 때로는 속상할 수도 있고 답답할 수도 있다. 그럼에도 서로에게 솔직하다면, 그 관계는 무엇보다 단단하고 끈끈할 거라고 허 양의 남편은 생각했다.

그가 보기에 지난 15년간 허 양에게 가장 힘들고 어려운 사람은, 이런 상황까지 오게 만든 직장 상사도 아니고 박사 과정 담당 교수도 아니고 바로 그녀의 가족이었다.

너무 사랑하지만, 그래서 더 솔직할 수 없다는 허 양의 모습을 볼 때면 남편은 처음에는 의아했고, 그다음에는 안타까워했으며, 가끔은 그녀의 가족들에게 서운했다. 그렇지만 허 양이 간곡하게 요청했기에 한 번도 처가 식구들에게 자신의 속내를 말한 적이 없었다.

'허 양의 가장 큰 고민의 근원이 가족이에요.'라는 말...

지난 제주 여행에서 자매애를 찾았기에

이번엔 새로운 모녀관계가 이루어지길 남편은 기대했다. 꼭 즐겁진 않더라도 더 솔직하게. 허 양이 얼마나 아픈지, 무엇이 필요한지, 왜 이렇게 되었는지도, 장모님이 이해하길 바라면서.

그런데 문득 '괜찮을까, 이 여행? 괜찮겠지? 뭐가 되든 새로울 거야. 그것만으로도 의미 있을 거야...'라고 남편은 생각했다.

먼 스페인에서 걱정 반 기대 반이다.

31
어려운 게 아니라 소중해서 지키고 싶은 거야

아침 먹고 산책 뒤 잠시 쉬는 시간.

엄마는 아빠 이야기를 끊임없이 하신다.

어제 했던 얘기, 지난주 통화에서 했던 얘기, 서운했던 이야기들을 재방송처럼 반복한다.

예전에 엄마가 그런 얘기를 한 적이 있다.

너한테 얘기 안 하면 내가 얘기할 곳이 없다고.

그 얘기가 내 마음에 꽂혀서, 그때부터는 들었던 이야기도 라디오처럼 듣고, 자동응답기처럼 반응했다.

함께 여행 2박 3일째.

모든 대화의 주제가 다시 아빠 얘기로 돌아갔고, 나는 신경이 한껏 예민해졌다.

가슴이 답답하고, 엄마 몰래 깊은 숨을 계속 쉬다가, 결국 마음의 소리가 밖으로 나왔다.

"엄마, 아빠 얘기 좀 그만하면 안 될까? 2박 3일 내내 들으니까 좀 힘들어서...."

거기서 대화가 뚝 멈춰버렸다...

아차...

아빠와 지내는 시간이 많은 엄마는, 남에게 말하지 못해 여기서 풀고 있는 걸 텐데...

나는 그 말을 들어주지도 못하는 딸이 되었구나.

갑자기 눈물이 주르륵 흘렀다.

그냥 조금만 참을 걸.

머리로는 알고 있었다.

이제 그만하라고 말하는 게 이상한 상황이 아니라는 것을.

근데 왜 난 또 이렇게 엄마에게 연민을 느끼고 미안해하고 있는 걸까...

뚝 끊어진 대화를 뚫고 내가 말했다.

"엄마, 그런 얘기 하나 못 들어줘서 미안해...."

엄마는

"다른 모녀 사이처럼 편하게 짜증 내고 그래. 이러니까 네가 마음이 아픈 거야." 하면서 우는 나를 깊이 안아주셨다.

나도 그러고 싶다.

남들처럼 엄마한테 짜증 내고, 싸우고, 사과하고, 친구처럼 지내고 싶다. 근데 그게 참 힘들다.

내가 본 엄마는

항상 혼자고, 외롭고, 아프고, 우리 걱정에 잠 못 자고, 이렇게 내가 아픈 것에도 자신을 탓하고 있으니까.

물론 난 엄마를 존경한다.

개방적인 마인드와 예리한 인사이트를 가지셨고, 힘든 환경도 스스로 극복하셨고, 항상 밝은 모습을 보여주는 게 대단하다. 그리고 감사하다.

그런데 항상 외롭고 불안해 보인다.

그게 안쓰럽고 짠하다.

그 모습이 꼭 나 같아서 너무 속상하다.

그래서 엄마한테 함부로 할 수가 없다.

엄마가 어려운 게 아니라,

엄마가 너무 소중해서 지켜주고 싶다.

엄마가 부서지지 않도록...

스페인에 있는 허 양의 남편에게 제주 소식이 전해졌다.

남편이 우려한 대로였다.

엄마가 꼭 자기 같아서 안쓰럽다는 허 양을 보며, 장모님도 허 양이

자기 같아 안쓰럽다고 하신다. 서로 닮은 두 착한 영혼이 그렇게 서

로를 안쓰러워만 하다가 편해지질 못한다.

아무리 말로 편히 하자 한들 그게 쉽게 될 리가 없다.

엄마와의 시간이 오히려 힘들었던 허 양에겐 미안하지만, 남편은 이

를 통해 장모님이 모녀 사이가 그동안 어떻게 유지돼 왔는지, 그리고

허 양이 지금 얼마나 아픈지, 그럼에도 엄마 앞에서 웃기 위해 얼마

나 노력했는지를 부모로서 알게 돼 다행이라고 생각했다.

지금은 서로 울고 힘들지만, 분명 더 나은 가족으로 가는 첫걸음일

거라고 남편은 생각했다.

그동안 그들 속에서 허 양은 얼마나 힘들어했나.

남편 없이는 본인 가족모임이 편하지 않고,

남편이 시댁 식구를 편하게 만나고 웃는 모습을 부러워하고,

오랜만에 가족여행 갔다가 오는 길에 슬퍼서 울면서 운전해 돌아오고,

다른 식구들의 온갖 불평과 기대를 듣느라 자신의 이야기는 꺼내지도 못하고,

어린 시절 칭찬 한 번 듣지 못하고.

우울, 공황장애로 퇴사를 하려는 시기에, 허 양 스스로도 달라지려 노력하는 시기에,

오히려 그녀와 부모의 관계는 변화 없이 여태껏 그대로이지 않았나.

어떤 방향으로든 이제는 바뀌어야 할 때라고 남편은 생각했기에,

즐거운 여행은 애초에 기대하기 힘들었고, 한동안 우울하고 외롭더라도, 이 또한 허 양이 거치고 나아갈 과정이었다고 남편은 생각해 본다.

다만 허 양이 혼자 힘들고 외로울 때

너무 먼 곳에 있어 전화도 제대로 해주지 못해서

남편은 계속 미안하다.

32
때론 처음 만나는 사람에게 위로 받는다

제주에서 제일 좋아하는 곳을 꼽으라면 단연 대평리다.

마을로 들어서는 길목, 좁고 푸른 도로를 지나고 나면, 눈앞에 펼쳐지는 바다 아래 마을. '우와' 소리가 절로 나는 풍경이다.

낯선 곳에서 누군가 만날 사람이 있다는 것은 참 설레는 일이다.

지난 제주 여행 때 맺게 된 소중한 인연들이 살고 있는 곳.

고작 일주일 지내는 동안 손님과 사장님으로 만났던 것뿐인데도, 오래 알고 지낸 것처럼 활짝 웃는 얼굴로 나를 반겨준다.

설레는 마음으로 준비한 꽃과 함께 나도 활짝 웃는다.

새로 오픈한 근처 카페에서 차도 얻어 마시고, 묵었던 숙소 사장님은 기꺼이 자신의 공간을 내준다. 유명세를 탄 정원들처럼 화려하고 웅장하지 않지만, 소박하고 아기자기한 정원이 있는 포근한 그 공간에 한참을 머무르다 돌아왔다.

오늘, 또다시 그곳을 찾았다.

한 걸음 더 가까워진 우리는 서로 인사를 나누고, 아기자기한 정원에서 꽃을 꺾어서 그때 그 카페에 앉아 꽃을 다듬어 꽂아 장식해 두고, 차를 마시고, 카페 사장님이 준비한 간식을 먹으며 육지 출신 제주인의 삶에 대해 풀어놓는다.

'여기라면 한 달이고, 두 달이고 한번 살아보고 싶다.'

왠지 이 커뮤니티에 속할 수 있다면, 서울 생활을 정리하고 내려와 살고 싶다는 생각이 들었다.

제주도는 그런 곳인 것 같다.

한국이지만 외국에 있는 듯한 자유로움, 편안함, 섬이 주는 긍정적인 에너지가 있다.

여행하는 것과 진짜 '사는 것'은 분명히 다를 것이다.

하지만 왠지... 잠시라도 여기 살다 보면,

힘들었던 그 시간들을 바람에 흘려보내고, 넓은 들과 바다를 보며 욕심을 비우고, 우뚝 솟은 산을 바라보며 앞으로 한 걸음 내디딜 수 있는 힘을 얻을 수 있을 것만 같다.

　시작이 힘들었던 이번 여행의 막바지,
　사람들의 따뜻함 속에서 말로 표현할 수 없는 무한한 위로를 받았다.

　다시, 제주에 오고 싶다.
　다시, 대평리 그들을 만나러 오고 싶다.

그럴 때가 있다.

낯선 사람들과의 만남이 필요할 때.

나를 모르기에 오히려 섣불리 나에 대해 재단하지 않는 사람들.

그런 사람들과의 대화가 필요할 때가 있다.

허 양의 여행 막바지.

장모님과의 시간으로 내내 힘들어하던 제주 여행 막바지에 그녀는

힘을 얻었고, 다시 한 번 제주의 마법에 빠지게 됐다.

"제주에 내려가면 어때?" 급작스러운 허 양의 제안. 남편은 한 번도

생각해 보진 않았지만 좋을 것 같았다. 앞으로의 삶의 방향에 여러

옵션이 생길 것 같고, 지금의 인생을 대하는 태도도 바뀔 것 같다고

생각했다.

회사는 어떻게 할지, 집은 어쩔지, 수많은 짐은 어떻게 할지, 실질적

인 고민은 있겠지만, 시기와 기간만 정한다면 내려가서 생활해 보고 싶다고 남편은 생각했다.

사실 최근 그는 '서울살이'에 지치고 있었다.

수많은 사람들, 꽉 막힌 도로, 높은 빌딩들.

30년을 살았는데, 잠시 아내 직장 때문에 경기도에서 살 때는 그렇게 돌아오고 싶었는데, 모두가 가고 싶어 하는 서울인데, 그곳의 중심에 살고 있는데도, 서울의 모든 것이 지겨워졌다.

지금 살고 있는 아파트 주차장에 가면 포르셰 같은 차는 흔하고, 나는 거기에 꿀리기 싫어 10년이나 된 외제차를 계속 가지고 있고.

동네를 다니다 보면 다들 어찌나 멋지게 차려입고 다니는지, 그걸 보고 필요도 없는 명품을 사고, 나만 뒤처진 건 아닌가 하며 불안해하며 남과 비교하며 사는 서울살이에서 조금이라도 벗어나 삶의 태도를 바꾸고 싶다고 생각했는데, 혹시 이 제주살이가 그 계기가 되지 않을까, 막연히 기대해 본다.

일단,

'한 달만 같이 내려가 볼까? 안 되면 3주라도?'

허 양의 남편은 생각해 본다.

33
드디어 퇴사하다

허 양은 제주도를 다녀오고 며칠 뒤 공식적으로 퇴사했다.

마지막 날 회사에 인사를 가기로 했는데, 그 전까지 뭔가 마음이 불편하고 답답하다고 했다.

다시 그 공간으로 가는 것만으로도 힘든 걸까?

퇴사하는 날, 월요일.

허 양의 남편은 그녀에게 별 일은 없는지, 힘들지는 않은지, 걱정됐다.

많은 사람에게 작별 인사를 남기고 다음에 또 만날 약속을 하고,

'그녀'에게도 마지막 악수를 청하고 집에 돌아온 허 양은 마음이 홀가분하다고 했다.

막상 회사에 가니 힘들지 않았고, 아쉬움도 남지 않았다고 한다.

공식적으로 회사와의 관계가 끝나고 허 양은 자유인으로 돌아왔다.

그녀는 더 이상 글을 쓰지 않는다.

그동안 묵은 것을 토해내듯 감정을 기록하며 묵은 마음을 발산했지만, 지금은 그러고 싶은 생각이 없다고 한다.

이전 글에서 이야기했듯 허 양도, 허 양의 남편도 서울을 떠나고 싶었다.

당장 허 양은 환경의 변화가 필요하다고 했다. 허 양의 담당의사도 익숙한 환경을 바꿔 보길 권했다. 4월의 제주에서 보름은 다시 웃을 수 있었지만, 5월의 제주에서 보름은 너무 외로웠다고 한다.

이번에는 같이 가자고 한다. 남편도 같이 가자고.

이전에 허 양이 혼자서 제주도에 갈 수 있다고 말해 그저 그런가 보다 했다.

환자인데. 아픈 사람인데. 말로는 그렇게 이야기하면서 정작 생각은 그에 미치지 못했다.

아픈 사람이 배우자 없이 혼자 갔던 제주가 마냥 편하지는 않았을 거다.

당장 날짜를 정했다. 7월에 3주 정도. 숙소도 잡았다. 휴가철이라 맘에 드는 곳은 예약이 되었거나, 날짜가 여의치 않다.

3곳을 예약해 이동하며 지내기로 했다. 제주 북쪽, 서쪽 그리고 남쪽.

특히 마지막 남쪽에서의 5박은 지난 4월 허 양이 처음 제주살기 가서 동생과 지내며 만족한 대평리의 그곳이다.

숙소 주인과도 친해졌고, 동네 분들과도 다시 가면 술 한잔하기로 했단다.

그 장소에서 자기가 느꼈던 것을 남편과 같이 꼭 다시 느끼고 싶었다고 한다.

그렇게 허 양과 허 양의 남편은 제주살기를 하기로 결정했다.

남편의 회사는 어떻게 할까?

우리나라에는 가족 돌봄 휴직이란 제도가 있다. 가족이 아플 때, 돌볼 사람이 필요할 때 사용할 수 있다. 최소 사용기간이 30일이고, 원칙적으로 회사는 직원의 휴직 사용을 거부할 수 없다. 다만 다른 형

태의 근무 등으로 조율, 협의는 가능하다.

'가족 돌봄 휴직'은 무급이다.

허 양의 남편은 회사에 상황을 설명하고, 3주간 제주 재택근무를 요청했다.

재택근무가 어렵다면 가족 돌봄 휴직을 하겠다고 했다.

그에게 지금 최우선 과제는 아내의 회복이다.

돈도, 일도, 다른 사람도 아니다. 다른 사람의 눈치를 볼 여유가 없다.

회사도 판단하겠지. 3주간의 업무 연속성이 중요하고 직원을 믿는다면, 재택근무에 동의할 것이다. 그게 아니라면? 이번 기회가 남편과 회사가 어느 정도 수준에서 서로가 필요한 건지 알게 되는 계기가 될 터이다.

다행히도 회사는 남편의 재택근무에 동의했다. 분명 호의지만, 남편은 이를 회사의 '배려'라고 표현하지 않기로 했다. 흔히 '회사가 배려해서 제주에서 재택근무를 할 수 있게 됐어요'라고 표현할 거 같은데, 이건 '배려'가 아니라 서로 간에 '협의'다.

각자의 필요에 맞게 협의한 결과이고, 일방이 손해를 감수한 것이 아니니까 '배려'라고 하지 않기로 했다.

이제 제주로 갈 준비를 해보자.

34
퇴사는 했고, 나는 아직 나아지지 않았다

6월 어느 날, 공식적으로 나는 퇴사했다.

퇴사하기 전까지 얼마나 떨렸는지 모른다.

이게 맞는 걸까, 수없이 되뇌고, 마지막 인사를 할 수 있을까, 걱정
에 잠을 설쳤다.

마지막 인사 당일.

걱정했던 것보다는 사람들이 따뜻하게 맞아 주었고, 그동안 고생
했다는 말과 함께 아쉬운 표정을 지어주었다. 나를 보고 안절부절
못하던 그녀에게는, 사무실을 나오기 전 내가 먼저 악수를 청했다.

"항상 건강하시고 나중에 꼭 식사해요."

신기하게도 입버릇처럼 달고 살았던 '감사하다.'라는 말은 나오지
않았다.

인사를 다 마치고, 직접 인사 못 한 분들에게 연락을 돌리면서
'아, 내가 회사생활을 나쁘게 하진 않았었구나'싶어 오히려 뿌듯하
기도 했다.

근데 이상하게도 퇴사했다는 후련한 마음만으로는 글이 써지지
않았다.
  소속이 없는 '자연인' 상태를 아직 현실적으로 받아들이지 못한
것인지,
  생각보다 큰 이슈 없이 잘 마쳐서 그런 것인지.
  퇴사에 대해서는 한 글자도 쓸 수가 없었다.

  그렇게 일주일이 지나고 있다.
  5년 정도 다녔던 회사를 그만뒀음에도, 아직 연결된 무언가가 남
아 있고,
  다 내던진 줄 알았던 불안감은 부메랑이 되어 다시 나에게 돌아왔다.

그리고 괜찮아진 줄 알았던 내 증상도 함께 돌아왔다.

나 때문에 남편을 고생시키고, 걱정시키고, 나를 다치게 하는 일

들이 다시 시작되면서(술 마시고 또 기억을 잃었다.)

'아.. 나는 아직 나은 게 아니구나. 나 혼자 착각하고 있었구나.'

좌절감이 밀려왔고 한층 더 우울해졌다.

남편은 항상 내 옆에서 천천히 해도 된다고 이야기한다.

하지만 나는 아직 사이트를 뒤적거리고,

'특별히 할 일이 없는 아침'이 오는 게 싫어서 밤에 잠을 자는 게

두렵고,

약을 먹지 않으면 심해 5000km 아래에 혼자 있는 느낌이 든다.

언제쯤 괜찮아질 수 있는 걸까? 괜찮아질 수는 있는 걸까?

오늘은 자꾸만 한숨이 나온다.

오랜만에 허 양이 글을 썼다.

그녀의 글을 기다리던 남편은 그동안 기대와 불안감을 모두 가지고 있었다.

누구 말대로 '원인(회사)'을 제거했으니 이제는 '결과(우울증)'가 나아질 거라는 기대감이 있었고, 동시에 아무것도(그동안 써오던 글로) 뱉지 못하는 허 양의 모습에 태풍전야의 불안감도 느꼈다.

5월 말에서 6월 초, 허 양의 두 번째 제주살기는 기대와는 반대로 그녀를 힘들고 외롭게 했고, 그때 그녀 곁에 있지 않았던 남편에 대한 서운한 감정은 커졌을 것이다. 이후 '퇴사'라는 절차를 거쳤지만, 허양의 상황이 전혀 나아지지 않고 있음을 감지한 남편의 걱정대로 예전 같은 증상이 돌아왔다.

남편은 처음에는 두려웠다. 나아지고 있다는 것은 착각이었을까, 하는 두려움.

두 번째는 절망스러웠다. 이 지옥을 벗어날 수 없을 거란 절망감.('지
옥'보다 나은 단어를 찾지 못하겠다.)

아내는 이 모든 게 원망스럽기도 하고, 자신의 탓인 것만 같고, 그래
서 나아질 수 없다는 생각에 자학하기도 했다.

그러나 지옥이 있다면, 천국도 있고, 절망이 있다면, 희망도 있을 것
이다.

우린 그것을 찾으려 노력할 것이고, 결국 찾고 말 것이다.

늘 그랬듯이.

두려움을 느낀 다음 날은 펑펑 울고 싶었지만, 그렇지 못했다. 남편
은 평생 소리 내 울어본 기억이 없다.

절망감을 느낀 다음 날은 어떻게 하면 모든 걸 놓아버릴 수 있을까
생각했다.

그러나 그 오후가 되자 살고 싶었고, 어떻게 하면 서로가 살 수 있을
지 한참을 허 양과 이야기했다. 그리고 희망을 발견했다.

한 주에도 여러 번, 하루에도 몇 번씩 오르락내리락, 천국과 지옥을

오가겠지만 천당에 오를 시간을 더 많이 가질 거고, 희망을 더 자주

느낄 것이며, 다 자주 웃는 미래를 기대할 것이다.

그렇게 오늘도 허 양과 그녀의 남편은 하루를 살아낸다.

35
지푸라기라도 잡고 싶어서, 대학병원에 가다
- 남편의 기록II

대한민국에서 Top5 위상을 갖는 곳이고, 지난 2월 병가 진단서를 받으러 간 2차 종합병원 선생님도 대학병원 진단을 추천했고(그때는 입원도 권했다.), 그때 추천받은 선생님이 마침 이 대학병원에 계시기도 하고, 그분을 유튜브로도 많이 보았기에 뭐라도 다른 말을 해주지는 않을까, 기대 혹은 염려 속에 가본다.(우리가 본 유튜브 영상에서 이 선생님은 퇴사는 하지 말라고 했다.)

사실 진작 2월에 일이 벌어지고, 진료신청을 했는데 의사와 정부의 갈등 때문에 7월이 되어서야 갈 수 있었다.

아무래도 병원 크기가 다르다 보니, 온갖 종류의 환자와 보호자가 많다.

주차부터 출입까지 여간 어려운 게 아니다. 벌써부터 큰 병원 분위기에 압도되고, 나도 아파지는 것 같다.

이런 느낌 때문에 병원오는 게 싫다. 너무 아픈 사람들이 많으니까 마치 나의 아픔은 아무것도 아닌 것처럼 느껴지기도 하고, 혹은 가만히 앉아 있는 것만으로도 지치고 아픈 것 같아서.

어렵사리 우울증 센터, 정신의학과가 있는 곳으로 찾아간다.

아내 표정이 급격히 굳어지고 불안해한다.

'(별로 아프지도 않은데)여기 왜 왔어요?'라는 이야기를 들을까봐, 그러면 자신은 아프지도 않은데 엄살 피우고 회사까지 관둔 '루저'가 될까 봐 두렵다고 한다.

다른 병원에서 수차례 이야기했던 것을 다시 해야 하고, 힘든 기억을 다시 꺼내야 할까 봐 무섭다고 한다.

나는 모든 질병은 1차에서 2차로, 2차에서 3차로 넘어가야 한다고 생각하고, 무턱대고 3차 병원부터 가는 것은 과잉진료라고 믿는다.

게다가 우리는 지난 5개월간 1차 병원에서 꾸준히 진료받았고, 상담까지 받으면서 나름 나아지고 있다고 생각하고 있는데, 대학병원에서 다른 이야기를 들을까 봐 두려웠다. "지금 동네 병원 다닐 상황이 아닙니다. 심각해요." 같은 말.

아내 감정은 이해가 됐지만, 힘들어도 상급 병원에서 제대로 진료를 받아 보길 바랐고, 혹시라도 별로 아프지 않은 거란 말을 들으면 기분이 날아갈 것 같지 않을까라는 기대도 했다.

질문지를 작성하고, 1차 병원에서 받은 의뢰서와 처방전을 가지고 예진을 본다.

"어떤 게 힘들어요?", "회사에서는 어땠어요?", "원가족과는 어떤가요?"

아내가 수도 없이 많은 의사에게 받았던 질문이다. 그녀는 힘들지만, 가능한 담담하게 대답하려 애쓴다.

예진이 끝나자마자 다음날 예약돼 있던 다른 대학병원 진료는 취소했다.(의료 파업이 심해져서 지난 2월 여러 곳에 예약을 신청했다). 이걸 다시는 도저히 못하겠다고...

드디어 의사를 만났다. 이야기를 나누더니 약을 줄여보자고 한다.

1차 병원에서도 약을 줄여볼까 했지만, 그렇게 했을 때 더 힘들어질까 봐 쉽게 줄이지 못했다. 걱정은 되지만, 줄여 보기로 한다. 그 후 경과를 보고 업데이트된 처방전을 1차 의료기관에 전달해 주겠다고 했다.

이곳에 자주 올 필요는 없을 것 같다는 생각에 안심이다.

줄인 약을 먹어보고, 다음 주에 상황을 다시 보잔다.

어? 저희 이번주에 제주도 내려가는데요.

그러면 일주일만 있다가 내려가라고 한다... '어떡하지'란 생각이 내 머리를 감싸고 있을 때, 아내가

"지난 아픈 기간 동안 제주에 갔을 때 경험이 좋았어서, 이번에 3주 다녀온 후에 보는 게 좋겠어요. 줄인 약을 그동안 먹어 볼 게요. 제주라면 용량이 줄어도 괜찮을 거 같아요."라고 제안했고 의사도 받아들였다.

내가 어찌할 바를 모르고 있는데 '대학병원 의사'라는 권위자 말에 쫄지 않고 담담하게 자신의 의견을 이야기한 아내 모습에 '맞아, 이 친구 이렇게 똑 부러지고 멋진 사람이었지.' 라며 대견하다고 생각했다.

약을 변경하는 것뿐 아니라 혈액검사도 해보자고 한다. 한 번 해보고 싶었는데 잘 됐다 싶다. 여러 호르몬, 유전적 검사를 하는 것이 정신 질환에 중요하다고 들었다.(이게 우울증이 의지력의 문제가 아닌 의학적인 문제라는 걸 이야기해준다. 다행히도 이후 검사에서는 비타민 D가 부족한 것 외에는 전혀 이상이 없었다.)

'종합병원'답게 다른 검사도 해야 한다. 굉장히 긴 내용의 심리상담 설문지를 작성하고, 전기 신호를 통한 스트레스 검사도 해야 한다. 가볍게 면담 정도 할 줄 알고 왔는데, 벌써 4시간째 병원에 있다.

온 김에 할 것 하고, 덕분에 약도 줄이고, 더 이상 수면제도 안 먹게 됐고, 유명한 의사니 얼마나 많은 케이스를 봤을까 라며 기대감도 가져본다. 공황이 수면제, 술 등과 만날 때 어떻게 변할 수 있는지도 들어서 그간 아내 행동이 이해가 됐다. 특히, 전보다 더 나빠졌다는 이야기를 듣지 않아 너무 다행이었다. 혹시라도 입원을 권하면 어떡하나 조마조마했는데.

대신 당분간 커피를 비롯한 카페인을 삼가야 한다. 아내는 커피를 좋아하는데 이런...

제주에 가서는 나도 카페인 든 것을 같이 안 먹어 볼 생각이다.

음주는 어떻냐고 물으니, 독주는 피하고 가볍게 하란다. 와... 사람들 만나 술자리 하는 거 정말 좋아하는 사람인데, 가벼운 술은 할 수 있네? 럭키비키잖아~

쉽지 않았다. 에너지를 많이 쓴 하루였다.

그러나 나는 다시 한번 '더 나아질 수 있다.'라는 생각을 할 수 있었다.

지푸라기라도 잡고 싶은 심정으로 왔는데, 오길 잘했다는 생각이다.

주위 환우를 보면, 무서워서 2차 혹은 3차병원까지 가기를 주저하는데, 우리 아내는 참 멋지다.

집에 돌아와 생각해 보니 종합병원에는 참 많은 군상이 있었다.

보호자 없이 혼자 온 사람들도 많고, 애들도 많고.

어떤 할머니가 간호사 안내가 안 들리시나 보다.

"7이요? 1이요?" 간호사가 큰 소리로 물어보는데, 그 조차도 안 들리는지 '뭐라고?'라는 표정만 짓는다. 다 마치고 일어나시더니 엉뚱한 방향으로 가신다.

"할머니 거기 아니에요? 할머니, 거기 아.니.라.구.요!"라고 뒤에서 간호사가 외치지만, 듣지 못하고 계속 가시다 엉뚱한 곳이라 느끼셨는지 뒤돌아 오신다. 보다 못한 보안요원이 일어나 안내해 준다.

"저분 보호자야." 처음부터 상황을 보고 있던 아내가 말했다.

환자가 아니라 보호자라고? 아니면 도대체 환자는 얼마나 심하다는 거지?

혼란스럽다.

초등학생 혹은 중학생쯤 돼 보이는 아이와 그의 엄마.

"○○아, 너 가면 안 돼. 진료 보러 온 거잖아..." 엄마가 이야기하며 아이 팔을 붙잡는다.

아이는 무언가 불만이 가득한 표정으로 엄마 손을 뿌리치고 터벅터벅 출구 방향으로 간다.

"엄마 수술받아서 힘들어. 왜 그래... 오늘 진료받아야 해. ○○아..." 엄마는 애걸하듯이 아이에게 이야기하지만, 아이는 듣는 체도 하지 않는다. 혹시나 다른 상황이 생길까 나도 계속 쳐다보고, 앉아 있던 간호사도 나와서 살펴본다. 보안요원은 이런 상황이 여러 번인지 "에휴..."하더니 일어난다.

누가 보면 '금쪽이'이고, 엄마 말 안 듣는 아이로만 보였으리라.

나는 '이제야' 저 친구 마음이 참 힘들겠다는 생각도 들고, 엄마는 얼마나 괴로울까 걱정도 돼, 그들이 안쓰럽게 느껴졌다.

이렇게 보니 너무 힘들었는데도 나아지겠다는 의지를 가지고 의젓하게 있는 아내가 고맙게 느껴졌다.

36
우리는 타인의 고통에 관심이 없다
- 생각보다 사람들은 서로에게 관심이 없다

며칠 전에 상담 선생님이 내가 가진 불안감, 갑자기 찾아오는 불안감은 어디서 오는 것 같냐고 물으셨다. 예상치 못했던 질문에 곰곰이 생각한 뒤 이야기를 시작했다.

"아직 나는 일을 관둔 게 너무 억울하고, 아쉬운 마음이에요. 일하는 내가 스스로 자랑스러웠고, 일을 하나씩 해내면서 묘한 희열도 느꼈었는데, 왜 나는 버티지 못하고 이렇게 아프고, 일까지 관두게 된 걸까요? 내가 아닌 다른 사람은 그 상황을 버텨내는데, 버티지 못한 내가 너무 작아 보여요. 관두는 것이 맞았나 확신을 가지지 못하고 있는 걸까요?"

나도 모르게 숨도 쉬지 않고 랩을 하듯이 말했다.(나는 엄마 딸임이
틀림없다.)

말하면서 점점 감정에 복받쳤고, 눈물과 콧물을 닦아가며 이야기
를 쏟아내고 있었다.

내가 환자가 된 게, 이렇게 나를 내버려 둔 상황들이 야속하고, 이
렇게 만든 사람들이 너무 미웠다. 나는 아직도 회사를, 그들을 미워
하고 있고, 화가 나고, 억울해하고 있었다.

"나쁜 새끼들, 회사 놈들!! 인간이 어떻게 그렇게 할 수가 있어!!!
벌받을 거야!!"

생각해 보니 이렇게 시원하게 욕해본 적이 없던 것 같았다. 설사
말을 했더라도, 동조하고 맞장구 쳐준 사람도 별로 없던 것 같다.

많은 지인이 "그냥 이만 잊고 푹 쉬어."라고 말해줬었다. 물론 힘들
어 하는 나를 위해 그렇게 말해줬던 것도 이해한다. 근데 그 대답들
이 왜 불편했는지, 이제 알겠더라. 난 그냥 무조건 내 편 들어주면서
같이 욕해주는 사람이 필요했던 거였다.

"누구라도 그 상황에서는 괜찮을 거야." 이런 위로의 말도 많이 들었었다. '맞아. 내가 약한 게 아니야.' 머리로는 생각하지만, 여태 나는 이 사실을 스스로 부정하면서 계속 괴로워하고 있었다. '너는 그곳에서 도망친 거야.' 내 마음은 계속 이렇게 외치고 있었던 것이다.

그 이후로 사람들을 만나면 물어본다.
"이런 상황에 내가 힘든 건 당연한 거겠지?"
다행이도 대부분 "그렇다." 라고 대답해 준다.
이런저런 말보다 그 대답 한마디가 참 고맙더라.

사람들은 남한테 크게 관심이 없다.
나도 잘 알고 있다.
하지만 힘든 사람을 만나면 그때 만이라도 그 사람에 대해 궁금해 주고 관심을 기울이면, 그것보다 좋은 위로의 말은 없다.

오늘은 무슨 말이 쓰고 싶던 거였더라...

그냥 날 보면 "힘들었겠구나."만 해줘.
이것저것 해보라 하지 말고.

톨스토이가 남긴 말이다.

'인간은 본능적으로 자신의 죽음을 회피하기 때문에 타인의 죽음을
가벼이 여긴다.'

남의 불행을 모른 척하고, 지나가는 불쌍한 사람을 없는 사람 취급
하고, 이런 것들 전부 사실은 내가 그 입장이 되는 것을 두려워하기
때문에 회피하는 경향이 큰 것 같다. '나는 저 입장이 될 일이 없어.'
라고 자기 암시하면서 보기 싫어하고 회피하려 하는 것.

딱히 타인에게 이해를 바라는 성격은 아니지만,
최근에 보면 볼수록 사람들은 생각보다 타인에게 관심이 없다는 생
각을 하게 된다.
아니 관심 없다기보다 회피한다는 생각이다.

내 일이 아니기에, 혹은 내 일이 아니어야 하기에.

'존 오브 인터레스트'라는 영화를 봤다.

루돌프 회스라는 독일군 중령이 그의 가족과 행복하게 사는 집이 배경이다. 그런데 그 바로 옆이 악명 높은 집단 학살의 장소 아우슈비츠 수용소이다. 수용소에서 들리는 아우성에도 아무런 거리낌 없이 그들은 일상을 즐기는 것을 영화는 담담하게 보여준다. 수용소와 집을 나누는 담장을 경계로, 그 너머에는 전혀 관심을 두지 않는 가족들의 모습.

우리는 그들과 많이 다를까?

누군가의 고통에 적절히 공감한다고 자신 있게 말할 수 있을까?

수많은 사건과 사고들, 그로 인한 희생자들을 우리는 쉽게 잊고, 보지 않고, 가끔은 비난까지 하지 않나?

번아웃, 우울증, 공황장애, 퇴사...

이런 것뿐 아니라 교통사고, 재해, 사기, 절도 등등의 사건사고들....

자신의 일이 아닐 때, 사람들은 너무 쉽게 말하고 너무 쉽게 잊는다.

37
또 다시 제주, 같이 제주 - 남편의 기록 III

또 제주냐는 사람도 있겠지만 또 다시, 제주다.

그리고 이번에는 나도 함께 왔다.

진작에 같이 왔어야 하는데, 오히려 늦었다.

혼자서도 잘하겠지라는 기대를 우울증 환자에게 했던 나는, 4년이
지나도록 얼마나 이 병에 대해 무지했나 라는 자책과 함께 부끄러움
을 안고 이번 제주살기에 동행했다.

급하게 준비하면서 휴가 시즌이 겹쳐 원하는 숙소를 얻지는 못했지만, 오히려 잘 됐다. 덕분에 세 군데 다른 숙소를 옮기며, 다른 분위기를 느껴볼 수 있겠다.

3주간 서울을 비워야 하기에, 회사와 조율해 제주에서 재택근무를 하게 됐다.

나는 '가족이 아파'서 '제주'에 생각지도 못하게 오게 된 것인데, 후자에만 방점을 찍고, 내가 특혜를 받은 것처럼 이야기하는 사람들이 간혹 있다. 그럴 때면,
"당신들 가족도 아프시던가요?"라는 말이 목끝까지 차올랐지만 삼켰다.
나도 요새 이렇게 화가 많아졌다.
예전 같으면 들리지도 않았을 말에 예민해지고, 보이지도 않았을 것이 눈에 거슬린다. 그래서 집중도 잘 못하고, 기억력도 떨어진 느낌이다. 수십 년을 산 서울은 요즘 따라 왜 이리 복잡하고 짜증나는 건지.

그래서 나도 기대가 됐다.

아내 회복뿐 아니라 나의 변화도 기다려졌기 때문이다.

그러나 실망이 크지 않게, 너무 큰 기대는 하지 않고 달라진 환경에서 리프레시하는 것에 만족하려 노력 중이다.

그렇게 제주에 왔다.

같이, 함께.

첫날은 날도 흐리고 피곤했는데

다음날은 날도 맑고 기운도 난다.

왠지 모르겠지만, 이유 없이 한 달째 아프던 어깨도 괜찮다.

그리고 이게 어떤 감정인지는 모르겠는 게, 나는 재택근무를 하러 왔으니 일을 하는 건데,

여기는 살던 집이 아니라 휴가 같은 기분도 들고, 독채를 빌려서 사느라 필요한 휴지, 세제 등을 사러 갔다 오니 마치 새로운 곳에 이사 온 느낌도 든다. 아내도 왠지 모르지만 마음이 편하다고 하는 것이 싫지 않은 느낌이다.

3주가 지나고 얼마나 달라질지, 그 상태가 서울로 돌아가서도 계속 될지는 모르겠다.

어쨌든 우린 '이곳'에서 '지금'을 살 생각이다.

첫 집에는 제비가 둥지를 틀었다. 새끼들이 스스로 날 때가 되면 우리도 날 수 있길 바란다.

38
나는 아직 불안해, 조금만 힘 내줘

일을 그만둔 지 만 7개월, 퇴사 2개월 차.

잔소리가 늘어간다.

짜증이 늘어간다.

쉽게 지친다.

가끔 어지럽고, 온몸이 나도 모르게 떨려서 무섭다.

언제쯤 나아질까 조바심이 난다.

일정을 소화하는 것이, 새로운 무언가를 시작하는 것이 어렵다.

이런 나를 남편이 언제까지 감당할 수 있을까 두렵다.

퇴사를 하고도 나는 단번에 나아지지 않았다.

그럴 거라고 예상은 했지만,

막상 닥치니 모든 게 어색하다. 불안하다.

다행히도 우울감은 전보다 덜하다.

하지만 다시 무언가를 시작해야 될 것 같은데, 언제쯤 용기가 날까 답답할 때가 많다.

대학병원을 다녀왔는데 약을 줄여보자고 했다.

혹시 내가 가짜로 아픈 건 아닐까 하는 걱정된다.

(검사 결과는 7월 말이나 돼야 알 수 있다.)

"나아졌다면 좋은 거지!" 남편 말에 조금 위로를 삼지만,

다시 '괜히 그만둔 건가'하는 걱정에 사로잡힌다.

아침에 눈을 뜨면 오늘은 뭐 할까 생각이 들고,

주위에서 수많은 응원 메시지를 받지만, 생산적인 무언가를 하지 않는 내가 지구의 한 자리를 차지하고 있는 느낌이 든다.

지난 제주 여행에서 뭔가 답을 찾았다고 생각했는데,

그 답도 왠지 다 틀린 것 같은 불안감이 엄습해 온다.

제일 걱정인 것은 여전히 여기저기 아픈 나의 건강과
점점 더 예민해지고 있는 남편이다.
둘에게 너무 미안하다.
어떻게 살아야 할지 아직 모르겠다.

이게 지금 나의 모습이다.
그래도 명확하게 4개월 전보다는 나아졌다.
그렇지만 여전히 나는 불안하고, 두렵다.
아직도 많은 관심과 사랑이 필요한 걸까?

일어나자마자 뭔가 써 내려가지 않으면 안 될 것 같아 홀로 컴퓨터
앞에 앉아 있다. 약을 먹어봐야겠다.
그러면 조금 편안해지겠지?

나를 위해 우울증 공부를 시작한 남편을 위해 아침이라도 준비해
봐야겠다. 오늘도 나와 남편을 위해 조금 더 힘을 내봐야겠다.

오랜만에 기대하지 않았던 허 양의 글이 전해졌다.

불안해하지만 그 속에 '희망'의 단어를 보고, 그녀의 남편은 마음을
놓는다.

그런 일말의 가능성도 없을까 봐 걱정했었거든.

그들은 '오늘', '여기'를 살아가고 있다.

제주살이 3주라고는 하지만, 실제로는 20일.

오고 가는 날, 숙소 이동하는 날은 여유가 없고, 20일 중 주말 제외
한 Working Day는 14일이니, 사실 그리 긴 시간도 아니다.

오기 전에는 몰랐다. 이렇게 짧은 시간일 줄.

그래서 사실 이것저것 많이 준비했었다. 중국어 교재, 읽을 책 등.

괜한 짐인 것 같아 오기 전에 다 빼고 악기 칼림바 하나 들고 왔는데,

한 번 치고는 꺼내지도 않았다. 아니, 못 꺼냈다.

왜냐하면 그런 것 말고, 다른 걸 해야 했기 때문이다.

오기 전까지만 해도 만만하게 생각했다.

대단할 정도는 아니어도, 그래도 뭔가 '마음의 감기'라는 것이 나아지기를 기대했나 보다. (나와 아내는 '마음의 감기'란 말에 반대하기로 했다. 대신 '마음의 당뇨'를 제안했다. 감기라고 하면 약 먹고 쉬면 나을 거란 생각을 하게 되는데, 그보다는 당뇨처럼 꾸준히 관리하면 정상에 가깝게 살 수 있지만, 조금만 관리가 안 되면 죽을 수도 있으니까.)

깨달은 것이 하나 있는데, 우울증은 만만한 녀석이 아니란 것. 이 녀석은 옆에서 많은 사람들이 올바른 방식으로 응원해 줘야 나을 수 있는 놈이란 점이다.

그것도 아주 굉장히 천천히 나아질 수 있다.

나는 지금까지도 몰랐던 거다. 내 아내가 얼마나 힘들었는지.

비단 상황이 심각해진 올해 말고도, 작년까지 장기간 약을 복용했지만, 그렇게 관리되고 나아질 줄만 알았다. 제대로 아는 건 하나도 없었던 것이다.

제주에서 재택근무를 하니 온종일 아내와 있으면서 자연스레 관찰

하게 됐고, 좀 더 이해할 수 있었다. 그래서 다른 것들을 할 수 없었고, 하지도 않았다. 온전히 내 곁에 있는 사람에게 집중해 보기로 했다. 관찰 일지도 쓰기 시작했고, 그렇게 일지를 보니 모르던 사실이 보이기 시작했다.

이 사람은 아침엔 이렇고, 저녁엔 이렇구나. 저 사람을 만나면 이렇고, 이 사람을 만나면 저렇구나를 알았고, 이런 말엔 어떤지, 저런 말은 또 어떻게 느낄지, 무슨 느낌이 필요한지 등을 이제야 알게 됐다. 그동안 내가 출근하고 혼자 있던 집, 내가 동행하지 않았던 제주, 나 없이 다른 사람들을 만났을 때 어떤 상황이었을지, 얼마나 힘들었을지, 이제야 조금 알게 됐다.

지금에서야 제주를 같이 온 게 너무 미안했다.

가끔 과거의 우리 사진을 보면 슬퍼지고는 한다.

아내가 더 이상 그때처럼 웃지 못하기 때문이다.

누구보다 잘 웃고, 사람 만나는 걸 좋아하고, 야외 활동을 즐기던 아내는 지금은 웃음도 적어지고, 친구는 만나기조차 힘들고, 산책 나갈 에너지도 없다. 예전에는 너무 잘 웃는 게 아닌가 생각했는데, 지금은 과해도 좋으니 그때의 반만이라도 웃으면 좋겠다고 기도한다.

다른 사람은 잘 못 느끼는 게, 함께 있으면 잘 이야기하고, 웃고 즐기는 것처럼 보이거든. 그런데 이제 내 눈에는 보인다. 이 사람이 다른 사람과 대화를 나누고 시간을 보내고 웃어주기 위해 얼마나 억텐을 쏟고 있는지. 그녀의 이런 노고를 알아주는 사람이 없다는 게 또 슬퍼진다. (흔히들 우울증 환자라고 하면 24시간 축 처져 있을 줄 안다. 그래서 막상 만나 웃는 모습을 보면 괜찮다고 오해한다. 에너지가 적어진 사람이 모임에서 애써 웃으며 이야기하는 게 얼마나 힘든지 상상도 못 할 거다.)

한 아이를 키우는 데 마을이 필요하듯, 아픈 어른을 보살피는 데도 많은 이의 도움이 필요하다. 아쉽게도 아내 주위에는 그녀가 마음 편하게 속에 있는 것을 끄집어 낼 만한 사람이 거의 없다. 그녀의 가족에게도 하지 못하니까.

그래서 절망적이냐고?

아니!

울고 싶을 때도 있었지만, 여기는 제주잖아.

서로 많이 느꼈고, 알게 됐고, 힘을 얻었다. (라고 나는 생각한다. 아내도 그랬기를 바란다.)

그러니 앞으로는 더 나아질 거고, 예전처럼 밝은 웃음도 찾을 수 있을 거라는 희망도 얻어 간다.

물론 매우 느리고 종종 지치겠지만, 그래도 힘낼 거다.

나 말고도 많은 사람들이 점점 그녀를 이해하고 도와줄 거고, 그렇게 그녀도 다시 일어설 것이다.

그러니까 잘 살아볼게요 ^_^b

마음 같아서는 "아팠지만, 퇴사했고 싹 다 나았어요."라고 이야기하고 싶지만, 그렇게 쉬운 병이었다면 애초에 이렇게 아프지도 않았을 거다.

그러니 그녀에게 "회사 관뒀는데 아직도 아파?", "언제까지 쉬려고 그래?", "이제 이런 거라도 좀 해봐." 같은 말 좀 제발 하지 말아 달라! 내가 먼저 이런 이야기할 사람은 되도록 안 만나게 하겠지만, 가끔 뭣도 모르고 말하는 사람들 때문에 하루가 무너지기도 한다.(대부분 본인이 아무 것도 모르는 사람이란 걸 모른다. 하긴 알 수가 있나? 우울증 환자 가족 상당수도 모르는 걸.)

며느리에게 띄우는 편지

제주로 떠났던 며느리에게 말로는 제 마음을 제대로 전달하지 못할 것 같다던 시어머니는 그녀가 공부하는 시로 마음을 표현해 주었다. 우리는 첫 시 '제주로 떠난 여인'이 좋은데, 시어머니는 시적이지 않다며, 본인 선생님을 찾아가 수정한 후 다른 한 편을 더 보내 주며 말했다. "이것밖에 해줄 수 없어 미안하다. 이렇게라도 내 마음을 전해 주고 싶고, 나의 며느리가 힘을 얻어 회복했으면 좋겠다. 천천히라도 좋으니까."라고.

제주로 떠난 여인

2024. 7.13 은경숙

코스모스 가냘픈 웃음소리 지닌 그녀

푸른 바다의 고요함

네잎 클로버의 소망

침묵 속에 살아있음을 건져내려

세 번째 제주살이 떠난 그녀

수 많은 시공간에서 소리 없는 싸움에 지쳐서

울다 지친 아이의 흐느낌 숨기고

실타래 처럼 엉킨 설움

파도에 실어 보내려 떠난 그녀

지난 만남에 말 없이 안아주던 그녀와

수초의 짧은 시간 지나치고

차마 못하고 후회한 시어미의 가슴속에 말

"사랑해" 라고 혼자 되뇌인다.

가을이 오기 전에 실바람 가르며

그녀의 가느다란 웃음 소리 듣고 싶구나!

가슴 속의 말

코스모스 처럼 가냘픈 아이

웃음소리가 바람이 흔들렸다

푸른 바다의 고요함

침묵 속에 살아있음을 건져내려

제주 살이 떠난 며늘 아기

세파의 거센 물결

막아서는 절벽에 부서지며

울다 지친 물방울

말없이 안아주던

잠깐의 짧은 시간

차마 못하고 떠나 보낸 시어미 가슴속 말

혼자 되뇌인다

"사랑한다. 아가야"

39
이렇게 한 발짝씩 나아가면 된다
- 제주 그 이후

전에도 이야기했듯, 나는 나에게 참 모질었던 사람이다.

남에게 주는 것이 받는 것보다 익숙한 사람이었다.

'이타적인 성향이니 그럴 수 있지 않나?' 그렇게 생각할 수도 있다.

그런데 조금 다르게 생각하면, 주는 게 익숙해져 버려서, 남에게 받은 선물에 진심으로 행복감을 느껴본 적이 없는 것 같다. 나를 충만하게 만들어줬던 선물은 내가 나를 갈아 넣으며 힘들게 번 돈으로 스스로에게 사줬던 것들이다.(이것도 사실 엄청 많은 건 아니다. 돈 쓰는 것은 좋아하지만, 큰돈 쓰는 건 나에겐 아직 어렵다.)

남에게 호의나 선물을 받았을 때, 이것을 받아 행복하다는 감정보다 그에 상응하는 무언가를 더 해줘야 한다는 '빚지는 마음'이 훨씬 더 컸던 것 같다. 그것이 항상 마음의 부담이었고, 그래서 남에게 받은 호의가 마음의 짐으로 돌아왔던 것도 사실이다.

'나 참 나에게 모질게 굴었구나...' 생각해 보니 내가 갑자기 너무 불쌍해졌다.

누군가 나에게 관계에서 무엇이 중요하냐고 물어보면, 망설임 없이 '신뢰'와 '솔직함'이라고 대답하면서도, 참 지독하게도 나에게 제일 솔직하지 못 했었군.

서로의 호의에 진심으로 기뻐할 줄도 알아야 한다. 그래야 상대에게 진심 어린 감사를 표시할 수 있고, 그래야 그 관계에 신뢰가 쌓이기 시작한다.

그래서 오늘은 나를 위해 해야 될 리스트에 한 가지를 더 추가해 본다. 남이 주는 호의에 진심으로 화답할 수 있는 그런 사람이 되어야겠다. 그래야 나도 행복한 순간이 더 많아질 테니까!

제주 그 이후

그동안의 허 양 근황을 이야기하면,

이후부터 지금까지 물론 굴곡은 있었지만, 우상향하는 것이 눈에 보인다.

약이 줄었고, 의사를 보는 주기가 길어졌다.

카페인과 수면제를 끊었고, 매일 운동을 하고 있다.

걷기도 힘들어하던 허 양은 이제는 하루 수 km를 걷고, 간혹 뛰기도 한다.

무엇보다 건강해지겠다는 의지가 생겼다.

남편은 그녀의 '건강해질 거야!'란 말에 눈시울이 붉어졌다.

8월이 돼서야 '쉰다'는 것을 온전히 받아들이기 시작했다. 드디어 마음이 좀 더 편해지고 쉬는 것에 불안해하지 않는다. 그전에는 몸은 쉬어도 불안해서 종일 게임을 붙잡고 있었는데, 더 이상 그렇지 않다. 그녀의 휴가는 이제 시작이다.

다른 환우는 아내의 회복 시간이 자신보다 빠르다고 했다.

아직은 찾아가는 과정이지만, 스스로가 뭘 좋아하고, 어떤 사람인지 알아가고 있다.

이제는 좀 멀리도 외출할 수 있고, 다른 사람들도 만날 수 있다.(물론 아직 힘들고 에너지가 많이 든다.)

활자를 읽는 게 어려웠는데 짧은 에세이 한 권 정도는 하루에 읽을 수 있게 되었다. 필사도 거르지 않고 매일 한다.

더디지만 매일매일 나아지고 있다.

그렇게 되기 위해 허 양은 매일 최선을 다하고 있다.

추석을 끼고 유럽 여행을 간다.

파리 - 함부르크 - 하노버 - 헤이그 - 파리 일정이다.

보름이란 긴 시간 동안 해외에 있는 것은 처음이다.

허 양은 비행기를 타는 것이 불안하지만, 잘 다녀오면 남편과 허 양 모두 한 발짝 더 성장할 것 같다. 가면 친척, 후배, 옛 동료들을 만날 텐데, 허 양과 남편 모두에게 리프레시되는 시간이길.

40
안 괜찮아도 괜찮아

16박 17일의 긴 유럽 여행이 끝났다. 그 이후로 일주일도 더 지났다. 다시 글을 쓸 수 없어서 빈 노트를 여는데 시간이 걸렸다.

프랑스에서 시작해서 독일, 네덜란드를 거쳐 다시 프랑스에서 마무리된 유럽 여행은 걱정이 무색할 정도로 성공적이었다.

가기 몇 주 전부터 비행기 공포증, 파리 소매치기에 대한 유튜브를 수없이 찾아보고, 수년 전에 사놨던 크로스백, 스프링 고리, 허름한 지갑, 옷가지, 상비약 등을 챙겼다.

그런 노력이 무색할 정도로 12시간 비행을 무사히 마쳤고, 나라

간 비행기도 무리 없이 탔고, 도시 간 이동을 위해 기차와 승용차, 관람용 보트도 즐겼다. 나와 남편의 지인, 그들의 가족 등 10여 명의 사람들과 낯선 장소에서 적지 않은 시간을 보냈다. 많은 위로와 배려를 받았고, 사람들이 주는 온기와 에너지에 불안함, 우울감을 느끼지 못했다.

6곳이나 되는 미술관을 다니면서 정서적 허기가 채워지는 것 같았고, 반짝이는 파리의 에펠탑을 보면서 오랜만에 낭만을 느꼈다. 대부분 걸어 다니며 매일 새로운 일정을 소화하면서 체력적으로 힘들었지만, 정신적으로는 충만해지는 것 같았다. 각 나라마다 다른 분위기, 음식, 문화, 예술에 푹 빠져 하루하루를 보냈고, 9월의 반이 순식간에 지나갔다. 이 모든 것을 해낸 내가 너무 자랑스러웠고, 이제 뭐든 할 수 있는 힘이 생긴 것 같았다.

'한국에 다시 돌아가면 여기에서 했던 것처럼 전시회도 다니고, 멀리 걸어 다니기도 하고 새로 취미 생활도 하고, 새로운 사람들도 조금씩 만나 봐야겠다. 여기 사람들처럼 소박하게 살면서 요리도 해 먹고, 장도 보고 여유 있게 천천히 살아 봐야겠다.' 거창한 결심은 아니기에 일상으로 돌아가면 충분히 할 수 있을 것 같았다.

다시 일상.

너무 유럽에 젖어 있었던 걸까? 아니면 너무 무리해서 에너지를 썼던 걸까? 아니면 너무 많은 것을 기대했던 걸까?

시차 적응은 실패했고, 몸은 계속 피곤했고, 의욕은 샘솟지 않았다.

일을 쉬는 동안 만들었던 나의 루틴(걷기, 필사, 독서, 화분 가꾸기, 소소하게 글쓰기) 중 어떤 것도 다시 시작할 수 없었다. 마음 한구석에는 큰 구멍이 뚫린 것처럼 허전함이 몰려왔고, 명치에 무언가 걸린 듯 답답함이 느껴졌다. 농담처럼 남편에게 "나 유럽 향수병에 걸렸나 봐."라고 이야기했지만, 생각보다 불편함, 우울함, 답답함은 지속됐다. 그렇게 하루, 이틀이 지나고 유럽 가기 전에 예약해 둔 근교 1박 2일 여행 날짜가 다가왔다.

근교에 바람 쐬고 오면 좀 나아지겠지. 좋은 사람들과 대화하면서 여행의 여운을 정리하면 되겠다고 생각했다.

이게 웬걸... 체하면 어떤 음식도 소화를 못 시키는 것처럼, 가슴의 체증은 더 심해졌고, 아직도 나는 무엇도 시작할 수 없었다. 답답한 마음에 갑자기 눈물이 터졌다. 나는 나아지려고 유럽 여행도 길게 다녀오고, 많은 사람에게 위로도 받고, 좋은 것도 보고 왔는데... 왜 하나도 나아지지 않은 걸까...

이런 내 상태를 남편도 감지했는지 계속 눈치만 본다.

그게 더 답답하고, 미안하고, 좀 더 다운되고,

또 그런 나의 상태에 남편은 더 눈치 보고 같이 다운되고...

그럼 또 내가 미안해서 억지로 텐션을 올리고, 에너지가 쓰이고, 의욕이 없어지고 또 늘어지고 답답하고...

이런 식의 반복이다.

그러던 와중에 남편에 해준 말이 마음에 꽂혔다.

"안 괜찮아도 괜찮아. 유럽 여행 다녀왔다고 해서 나아지지 않아도 괜찮아."

그러게, 나는 더 나아지려고 유럽 여행을 갔던 것이 아닌데... 그냥 올해 있었던 이벤트 중에 하나일 뿐인데, 크게 의미를 두고 있었던 걸까?

이 또한 나의 욕심이었을까.. 올해 말쯤이면 괜찮아질 줄 알았던 나의 기대감 때문이었을까? 그 시점을 '유럽여행'이라고 혼자 마음속에 잡아 놓은 계획 때문은 아닐까?

다 내려놓고 이제야 쉬는 기분이 들었던 9월 초.

그 깨달음이 무색하게 나는 욕심을 내려놓지 못했고, 빨리 나아져야 한다고 채찍질하고 있었다. 그리고 이제 조금씩 지쳐 보이는 남편을 보면서 마음 한편의 불안감도 커지고 있는 것 같다.

자, 정신 차리자.

괜찮아지지 않아도 괜찮다. 아직은.

나는 아직 아프고, 도움이 필요하고, 주위의 격려와 배려가 필요하다. 끊임없는 용기의 말이 필요하고, 사소한 것에도 용기가 날 수 있도록 칭찬이 필요하다.

이런 나를 위해 남편이 조금만 더 힘내 줬으면 좋겠다.

내가 믿고 의지할 수 있는 유일한 타인이고,

내가 주저앉았을 때 내 옆에 같이 앉아서 내가 일어날 때까지 기다려 줄 수 있는 사람이니까.

아직은 혼자 일어나기 어려우니까, 조금만 힘 내주었으면 좋겠다.

그래야 온전히 안 괜찮아도 괜찮다고 받아들일 수 있을 것 같다.

유럽에 가기 전 어느 날,

허 양의 남편은 그동안 쌓은 공든 탑이 무너진 것 같고, 나아지고 있다는 생각이 부정되는 것 같아 절망스러웠다. '혹시 그동안 한 발자국도 나아가지 못했던 걸까?'라고 생각했었다.

그날 정신이 없는 와중에도 얼이 빠져 있던 남편을 본 허 양은 "포기하지 말아 달라."라고 했다. 하루하루 자신은 힘들게 붙잡고 있다면서.

남편은 생각했다. 그래... 지금 전쟁을 치르고 있는 건 내가 아니라 허 양 아니던가. 누구보다 힘든 것은 그녀다.

그런 그녀와 긴 유럽여행을 다녀왔고, 그녀는 다시 남편이 조금만 힘내 주길 바란다.

그럼 당연하지. 힘낼게. 천천히 일어나도 돼.

대신 신해철 노래 가사처럼 이것만 약속해줘.

하늘이 무너진다 해도 하나만 약속해 줘 어기지 말아 줘

다신 제발 아프지 말아요 내 소중한 사람아

그것만은 대신해줄 수도 없어

아프지 말아요

그거면 돼 난 너만 있으면 돼

- 신해철 '단 하나의 약속' 中

끝은 아무도
모르지만

이 책은 브런치스토리를 통해 '나는 F형 회사원입니다'란 제목으로 '허 양'의 남편인 내가(허준혁) 연재한 글들을 수정하고 내용을 추가한 것이다. 글을 연재하기 시작했을 때만 해도 허 양은 회사원이었다.

더 이상 그녀는 '회사원'이 아니다.

이 글을 연재하면서 많은 분이 물어왔다.
"네가 허 양이야? 실제야, 허구야?"
음...그건 중요한 게 아닌 것 같다. 그것보다 중요한 건, 누군가는 아파서 힘들었고, 누군가는 아픈 이를 옆에서 보느라 힘들었단 것이고, 많은 사람이 비슷한 이유로 힘들어하고 있다는 것이다.

　애초에 '나는 F형 회사원입니다'의 연재 기획은 우울이나 공황장애에 대한 내용은 아니었다. 휴직이나 퇴사는 더더욱 아니었다. 글을 쓰기 시작했을 때는 회사 사무실에서 남들보다 조금 더 예민한 F형의 대한민국 직장인이 느끼는 답답함, 그에 대해 쏟아내는, 그래서 읽는 사람도 같이 카타르시스를 느끼는 글을 쓰려고 했다. 회사를 다니는 사람은 누구나 한 번은 느꼈을 부당한 지시, 의미 없는 회의, 끝없는 야근 등등, 그런 것들이 주제가 될 예정이었다.

　그러나 허 양의 기록은 애초 기획과는 다르게 흘러갔다. 누적된 번아웃의 폭발, 자살 충동, 심각해진 우울과 공황장애, 그리고 이를 이겨내기 위한 본인의 노력, 주위의 응원 등.
　마음 같아서는 허 양은 퇴사를 했고, 매우 매우 좋아졌습니다.'라고 마무리하고 싶지만 그렇지 못하다.
　그녀를 힘들게 한 여러 일들과 감정, 그리고 이런 기질을 가지게 한 과거의 원인들은 지워질 수도, 사라질 수도 없다. 어느 날은 괜찮다가도, 다른 날은 모든 감정과 기억이 되살아날 때가 있다.

그래서 그녀에게 "다 잊고 일어나.", "그만 생각해, 너만 손해야." 따위의 말은 도움이 되지 않는다. 그보다는 같이 화 내주고 욕해주는 게 낫다. 어차피 그만 생각하는 것은 그녀 스스로 때가 되면 할 것이다.

이건 허 양뿐 아니라 다른 우울증 환우들, 큰 사고로 트라우마를 겪는 사람도 마찬가지다.

가장 힘든 사람은 그들이다.

도와준답시고 저런 이야기를 하면 그들을 더 힘들게 하는 것이다.

누군들 잊고 싶지 않아 못 잊을까? 그렇지 못하니까 힘든 건데...

상대에게 도움되는 것이 무엇이지 알아보지 않고 자신의 의도만 생각하고 조언했다면, "나는 너 좋으라고 한 소리인데..."라고 억울해 하지 말고 다시 생각해 보기를 부탁한다.

그렇지 못하겠다면 그냥 말없이 환우의 이야기를 듣고 고개를 끄덕거리는 것이 제일이다. 제발!!!

글을 읽고 많은 분들이 '고백'해 주셨다.

'나도 약을 먹고 있어.', '사실 내게도 같은 일이 있었어...'

생각지도 못했던 사람들이 우울증과 공황, 수면장애를 앓고 있다는 사실에 놀랐다. 그리고 너무 많은 사람이 아픈데, 그것을 쉽게 이야기하고 드러내지 못하는 현실에 슬퍼졌다.

2024년 국립정신건강센터 조사에 따르면 국민 10명 중 7명이 정신건강 문제를 경험했다고 한다. 또, '내가 정신질환에 걸리면 몇몇 친구들은 나에게 등을 돌릴 것'이라는 물음에 50.7%가 '그렇다'라고 답했다. 그러니 주위에 숨기고, 병원에 빨리 가지 않고, 더 악화되고, 또 숨기는 악순환이 발생한다.

허 양은 주위 사람이 보기에는 늘 밝고, 농담도 잘하고, 건강한 이미지였기에, "늘 웃어서 그렇게 힘들 줄 몰랐다.", "네가 우울증이라니 말도 안 돼."라는 반응이 많았다.

사실 '밝은' 사람들은 '어두운' 면을 보이기 싫어, 더욱 밝게 보이려고 노력하는 경우가 많다. 우울증 환자는 늘 울상에 무기력해 보일 거라고 생각하는데 가장 큰 오해다.

조금만 더 신경 쓰면 알 수 있을 텐데, 사실 '우리'가 주위에 관심이 별로 없거나 혹은 어떻게 해야 알아차리는지 잘 모르는 것도 이유일 듯하다.

아래 영상을 보면 무슨 말인지 이해가 되시리라. 내가 좋아하는 유튜버 WLDO의 영상이다.(알고 보니 내 친구의 친구였다.)

정신질환은 전치 몇 주라고 진단이 나오는 것도 아니고, 딱지가 생기는 것처럼 상처가 치유된 게 보이지도 않는다. 이렇게 눈에 보이지 않다 보니 일반적으로 이해하기 어렵기도 한데, 얼마나 이해가 부족한지를 보여주는, 내가 들었던 질문과 조언을 몇 가지 공유해보겠다.

첫째, "얼마나 아픈 거예요? 심각해요?"
뭐라고 답해야 할지 모르겠다. 신체 질병은 "상처가 깊어요.", "암 2기예요.", "전치 5주래요."같이 쉽게 설명이 되는데, 이건 도무지 뭐라고 답해야 할지. 그러니 궁금해도 저런 질문보다는 "많이 힘들었겠어요."라고 말해 주길 권한다. 얼마나 아픈지 알아도, 딱히 해줄

게 있는 것도 아니다.

둘째, "신앙을 가져보는 게 어때? 아이를 가져보는 건?"

마음은 충분히 이해하지만, 가장 쓸모없는 조언이다. 신앙이나 아이 같은 새로운 것에서 의미를 찾는 것이 가치 있는 일이라는 건 너무나 이해하는데, 우울증 환자는 아주 어린 아이와 같다고 생각하면 된다. 어른의 외피를 가졌으나, 스스로 할 수 없는 것이 거의 없는 아이와 같다고 생각하면 저런 조언을 하지는 않을 것이다. 아이에게 아이를 키워 보라고는 안 할 테니까.

허 양의 글 뒤에 남편 이야기를 같이 붙인 이유는, 우울증 환자 이야기는 종종 있는 반면, 그들의 가족 이야기는 쉽게 찾기 어려웠기 때문이다.

누군들 아프고 싶어 아프겠으며, 누구보다 제일 힘들고, 자신 때문에 주위 사람이 힘들어진 것에 미안하고 눈치 보는 것은 환자 본인이다.

그럼에도 그런 환자를 가족으로 둔 사람의 생활도 녹록하지 않다. 처음에는 왜 너에게, 왜 나에게, 왜 우리에게 이런 일이 생겼냐고 분노한다. 이후에는 어떻게 나아질지 고민하고 고군분투하다가 지치기도 한다. 일상이 무너져 힘들어하다 가족관계가 파탄 나는 경우도 있고, 반대로 관계가 더 돈독해지는 경우도 있다. 이런 환자 가족 이야기를 찾아보기가 어려워 허 양의 남편 이야기도 같이 썼다. 아직 가족으로서 어떻게 해야 하는지 고민하고 있고, 명확한 답을 찾지 못해 혼란스럽지만 그가(내가) 믿는 것이 하나 있다.

'언젠가는 분명히 나아질 수 있는 병이다.'

마무리로 우울장애 등 정신질환에 대해 조금 더 이해하고 싶다면, 어렵지 않은 방법을 소개해본다.

1. 넷플릭스 '정신병동에도 아침이 와요'
박보영 주연의 드라마다. 세간의 편견 없이 정신장애에 대한 이야기를 담담하게 담아냈다. 주위에 환우를 가족, 친구, 동료로 두고 있다면 꼭 끝까지 한 번 보기를 추천한다.

2. 도서 '소중한 사람을 위해 우울증을 공부합니다'

'내가 하는 고민을 했던 사람이 있었구나.'라는 생각에 반갑기도 하고, 스스로 반성하기도 했던 책. 내게는 너무 큰 힘이 됐다. 우리 책도 다른 이들에게 힘이 되었으면 좋겠다.

"우리 모두는 정상과 비정상의 경계에 있는 경계인들"

- '정신병동에도 아침이 와요' 대사 中에서 -

오늘도 우리는
우울증과 전쟁 중

초판 발행 2025년 5월 28일

지은이 조하리 허준혁
발행인 정진욱
편집 윤하루
디자인 주서윤

발행처 라디오북
출판등록 2018년 7월 18일 제 2018-000161호
주소 서울시 영등포구 문래로 94-7
전화 010-5862-0801
팩스 0508-930-9546
이메일 hello.radiobook@gmail.com

ⓒ 조하리 허준혁 2025
ISBN 979-11-992445-1-1(03800)
값 18,500원

* 라디오북은 라디오데이즈의 출판 전문 브랜드입니다.